今宵、月の裏側で

安曇ひかる

幻冬舎ルチル文庫

CONTENTS ✦目次✦

今宵、月の裏側で

✦イラスト・麻々原絵里依

✦カバーデザイン＝久保宏夏（omochi design）
✦ブックデザイン＝まるか工房

今宵、月の裏側で

1

「ぼくは、女性に興味はない」

週末金曜。居酒屋『十五夜』の奥座敷に、その凜《りん》と澄んだ声は響き渡った。

少し離れた席で、天見悠月《あまみゆつき》は手にしたグラスをひっくり返しそうになる。

思わず振り返ると、声の主、姫谷景《ひめやけい》は普段と変わらない淡々とした表情で注《つ》がれたばかりの生ビールに口をつけていた。景の向かい側では、岸川麻衣《きしかわまい》がビール瓶を四十五度に傾けた状態で硬直している。

「興味ないってそんな、姫谷先生、またいきなり大胆なことを」

「特に大胆なことを言ったつもりはない」

「でも」

麻衣は半笑いのまま、自分の前後左右を見回す。末席に座る悠月を含め、そこにいた十名全員が固唾《かたず》を呑《の》んでふたりのやり取りを見守っていた。

「先生はえっと、その、どちらかというと男性に興味をお持ち……ということでしょうか？」

遠慮がちに覗《のぞ》き込む彼女に、景はやや薄い唇をグラスに付けたままゆっくりと二度瞬《まばた》きを繰り返した。無駄に長い睫《まつ》毛《げ》からは、ぱさぱさと音が聞こえそうだ。

「男？」

「女性に興味がないっていうことはつまり、そういうことですよね。もしかして姫谷先生ってホ――」

みなまで言う前に、悠月の隣で心臓外科医の阿部琉聖《あべりゅうせい》がライチサワーを豪快に噴き出した。

「あ、阿部先生、大丈夫ですか」

「おっ、おしぼりっ、おしぼりよこせ……げほっ」

琉聖はむせ返りながら、悠月の手からおしぼりを奪い取った。

「あぁ、すまない。少し言葉が足りなかった」

薄い笑みを口元にだけ浮かべ、景はゆっくりとした動作でグラスをテーブルに置く。

「女性に興味がないというよりぼくの場合恋愛という行為そのものに興味がないと言った方が正確だろう。他人に対して過剰な興味を抱いたりその人のことを考えることや姿を追うことに一日の大半を費やしたり、挙げ句それが原因で仕事や学業に支障を来《きた》したり周囲に迷惑をかけたり――ぼくには到底縁のない感情及び行為だ」

「あの、でも、世の中そんなディープな恋愛ばかりじゃないかと」

麻衣は、微妙にその笑顔を引き攣《つ》らせる。

「ぼくはこの仕事を始めてから今日まで数え切れないほどの検案書を書いてきたが、恋愛絡みの自殺体や他殺体も決して少なくなかった。岸川さんも知っているだろうけど」

「ええ、まあ」

「相手を思うあまりもしくは相手から思われたいと願うあまり、人は時として常軌を逸した行動に出る。そもそも愛だとか恋だとかいう形のないものを信じようとすることに無理があるのだと気づいていない人間が多すぎる」

さらさらと春の小川のように澱《よど》みのない口調は、いつもながら聞く者を魅了するのだけれど、いかんせん語られる内容が砂漠のごとく乾ききっている。その激しいギャップに、悠月は最近ようやく慣れてきたところだ。

「姫谷くんのそういうドライなところ、実に素晴らしいですね。研究者としての類《たぐ》い希《まれ》な素質を感じます」

天井に向かってわははと笑ったのは、教授の石上親《いしがみちかし》だ。片方の鼻から透明な液体を垂らしているところをみると、彼も景の発言に酒を噴いたひとりなのだろう。

二年前に医大を卒業した悠月は、近隣の総合病院でのスーパーローテート（臨床研修）を終え、この春から修桜《しゅうおう》大学医学部の大学院生となった。

修桜大学大学院法医学研究室。そこで法医学者の卵として、日々運ばれてくる変死体の法医解剖に携わるようになり、およそ半年が過ぎた。

とは言っても鑑定医として執刀しているのは教授の石上と、助教の景だ。悠月は彼らの補佐や雑用をこなしながら、知識や技術、あらゆる面において勉強また勉強の毎日を送っている。

今夜の酒席は、結婚式をひと月後に控えた麻衣を、ごく内々で祝うために石上が設けたものので、研究室のメンバーの他には彼女の個人的な友人が数名出席しているだけだ。解剖の補助や病理検査などを担当する技術員である彼女は、悠月より三つ年上で今年で七年目のベテランだ。結婚後も仕事は続けると聞いて、一同は安堵《あんど》に胸をなで下ろした。

麻衣にしてみれば、幸せのお裾分けといった軽いノリだったに違いない。付き合っている人がいないなら私の友だちを紹介しましょうか、と持ちかけた彼女に対し、景は正面からきっぱりと、しかも大まじめに「女性に興味はない」と答えたのだ。

周囲があらん誤解をして酒を噴き出すのも無理はない。

「姫谷先生は、今まで誰かを好きになったこととか、ないんですか？」

麻衣の問いに景は、表情を一ミリも動かすことなく即答した。

「ない」

「三十年間、一度も？」

「一度も。ちなみに三十年間ではなく三十一年間だ」

「これからも恋愛はしないと？」

「するつもりはない」

「死ぬまで？」

「おそらく。そういうわけだから岸川さん、せっかくの話だけどきみの友人というその女性には誰か別の人を紹介するといい。残念ながらぼくは恋愛や結婚には向いていないし必要性も感じていない」

およそ結婚を控えた女性に向ける言葉ではない。

聞く人が聞いたら眉《まゆ》のひとつも顰《ひそ》めるところだろうが、当の麻衣を含め、そこにいる誰ひとりとして景の発言を窘《たしな》める者はいなかった。

皆わかっているのだ。というより、もう慣れっこになっているのだろう。

姫谷景という男の、一風変わった人となりに。

「……必要性、か」

誰にともなく悠月は呟《つぶや》いた。

結婚はともかく、恋愛は必要性を感じながらするものではない。誰かを好きになる喜びや苦しみ、狂おしいほどの切なさ。そういった感情はすべて、景の心のフィルターを通過した途端、まるで事務手続きのような無味乾燥なものに変換されてしまうらしい。

「姫谷くんは、相変わらず仕事以外のことに関しては一切興味がないようだねぇ。いや、結構結構」

意味不明の笑顔で頷《うなず》きながら、石上が猪口《ちょこ》の縁をチビリと舐《な》める。

「こう毎日解剖解剖じゃ、景だって仕事のことしか考えられないっつーの」

悠月の横で琉聖がぼそっとひとりごちた。

あきらかに嫌みとわかる台詞《せりふ》は、石上の耳まで届いたらしい。

「何か言いましたか？　阿部先生」

「いいえ、別に何も」

「そういえば心臓外科は最近いかがです？　相変わらずお忙しいんじゃないですか？」

「ええ、まあ」

「臨床の先生が、ウチみたいな辺鄙《へんぴ》な研究室にちょくちょく来てくれるだけでもありがたいことなのに、こんなごく内々の祝いにまで来ていただいて。そちらの檜垣《ひがき》教授に一度私からお礼を申し上げないと」

「そ、それには及びません」

琉聖の声が心持ち上擦《うわず》る。

「阿部先生には感謝しているんですよ。お忙しいのに、わざわざ時間を割いて、毎日のように研究室へ遊びに……失礼、手伝いに来ていただいて」

「わ、私の、こ、個人的な興味で伺っているだけですから、感謝なんてそんな」

「個人的な興味……ですか。ほうほう」

石上は鶴の描かれた猪口を傾け、勝ち誇ったようにフンと笑った。

その泰然とした様子にカチンときたのだろう、琉聖は隣の悠月にしか聞こえない声で「クソジジイ」と呟いた。

基礎系の教室や実験施設のある基礎研究棟は、医学部キャンパスの外れにあり、関係者以外ほとんど訪れることのない場所だというのに、琉聖は何かと理由をつけては頻繁にそこを訪れる。今夜のような内々の席にまで声をかけられるのは、手土産《てみやげ》のスウィーツでもって麻衣や事務員の須田倫子《すだみちこ》ら女性陣のハートをがっちり摑《つか》んだ結果だ。

悠月も百八十二センチと長身だが、琉聖は悠月よりさらに数センチ大きい。学生時代バレーボールをやっていたというだけあって、医師にしておくのがもったいないほどの精悍《せいかん》な顔立ちとがっしりした体軀《たいく》は、キャンパス内でもかなり目立つ。既婚の倫子や結婚間近の麻衣でなければ、手土産より琉聖本人に関心が向いていたことだろう。

ちなみに今年五十五歳になる石上だけは、琉聖の手土産に一切手を付けない。加齢によるウエストの緩みを奥さんに指摘されたことをたいそう気に病み、毎日腹筋を欠かさないという噂《うわさ》だ。ロマンスグレーなどという言葉を彷彿《ほうふつ》とさせる都会的で垢抜《あかぬ》けた風貌《ふうぼう》も、日々の努力の賜《たまもの》なのかもしれない。

「甘い物やめても、あんなに日本酒飲んじゃあねぇ——一、二、三、……あらら、もう四本目よ」

石上の前に並んだ徳利を数えて笑う倫子に、悠月が「ですよね」と同意したところで突然二発目の爆弾が落ちた。

「ぼくは、童貞というわけではない」

景が涼やかに言い放つと同時に、石上と琉聖がふたたび酒を噴く。

「どっ……」

鼻から豪快に飛び出したライチサワーを拭《ぬぐ》うのも忘れ、琉聖は目を見開いて固まっている。

「ひっ、姫谷くんきみ、なんてことを」

石上も麻衣にスーツを拭《ふ》かれるがまま、やはり顔を硬直させていた。

「やだ、姫谷先生、それって恋愛はしたことがないのにそっちの経験だけはあるってことですよね」

麻衣の冷静かつ鋭いツッコミに、景は一瞬きょとんと首を傾《かし》げた。

「そっち、とは？」

「だから、女性と交際した経験はないのに、セックスの経験はあるってことですよね」

「そういうことになるかな」

「私たちは先生の性格とかよく知っているから平気ですけど、よそではあまり言わない方がいいと思います。世間の常識として」

「世間の常識？」

「はい。かなり、思いっきり、常識です」

にっこりと微笑《ほほえ》む麻衣に、景はうむっと真顔で頷いた。

「知らなかった。勉強になった。ありがとう岸川さん」

「いえいえ、どういたしまして」

ずれまくる会話をよそに、大方の面々は「姫谷先生も男だもんね、一応」だとか「三十一で童貞ってこともないでしょう」などと軽く聞き流している。そろそろ二次会に流れようかという話になっていて、カラオケかバーかで揉《も》めているのだ。

ただひとり聞き捨てならないというオーラをめらめら立ちのぼらせているのは、二度も酒を噴き出した琉聖だけで。

「おい、景。それ、いつの話なんだ」

「ん？　何がだ」

「だからその、お前、いつの間に筆おろ……し」

琉聖はさすがに言い淀む。既婚者が多いとはいえ、出席者の半分は女性だ。

「筆おろし？　筆……筆？　一体なんのことだ」

「ひ、姫谷先生！」

あっけらかんと隠語を口にする景に、今度は悠月が慌てふためく。

「琉聖、ぼくの高校時代の部活動は、書道部ではなく弓道部だ。呆《ぼ》けたのか」

あぁもう、と頭を抱える琉聖にそこにいた誰もが同情したに違いない。

「そうじゃなくて、あれだ、つまりお前は……俺の知らないうちに、その」

「お前の知らないうちに、なんだ」

「だから、その……いや、なんでもない。もういい」

琉聖はそのままむすっと黙り込んでしまった。

悠月には、へそを曲げた琉聖の胸の内が少しだけわかる気がした。

大学の同級生だというからには、景と琉聖のつきあいは十年を軽く超えるはずだ。長いつきあいの男友だちなら、なにかの拍子に初体験の告白くらいあってもおかしくはないのに。

「さするに目下のところ、姫谷くんの心の恋人は仕事ということかな。いやはや勤勉な部下を持って、私はチョー幸せだ」

ふたたびわははははと天井を仰いだ石上に、琉聖は射貫かんばかりの視線を送る。

「マジでいっぺん死ね。クソジジイ」

琉聖の歯軋《はぎし》りは「二次会はカラオケですよーっ」という麻衣の明るい声と一同の拍手にかき消された。

石上と琉聖は、なぜにこうも仲が悪いのだろう。

ぞろぞろと二次会のカラオケへ向かう道すがら、悠月は考えた。

表だって大きな喧嘩《けんか》をするわけではないが、四六時中妙な具合に互いを意識し合っているように見える。基本人当たりの良い石上だが、琉聖に対してだけは例外で、おそらくわざとなのだろう、彼の神経を逆撫《さかな》でするようなことばかり口にする。そして琉聖は琉聖で、そんな石上の態度にいちいち過剰に反応するのだ。

そもそも石上と琉聖は卒業した大学も違えば出身地も違う。いくら石上が年齢のわりに若作りで魅力的なオジサマであっても、琉聖とはひと回り以上も年齢が離れている。法医学教室の教授と若き心臓外科医の間に一体どんな諍《いさか》いの種があるのか、悠月には見当もつかなかった。

過去に何かあったのか。それとも。

「おい、景、早く来い。置いて行かれるぞ」

前を歩いていた琉聖が、列の後ろに向かって声をかけた。中間あたりを歩いていた悠月が振り返ると、最後尾で夜空を見上げていた景がゆっくりと顔を下ろした。

「ちゃんと前見て歩けよ」

「……ん」

少し足を速めながら、景はまた上空を見上げる。何を見ているのだろうとその視線を追ってみるが、きれいな三日月がひとつ、浮かんでいるだけだった。

「危ないっ」

ふらふらと電柱に近づいていく景の腕を、悠月が捉《とら》えた。

「上ばかり見て歩いてたら、危ないですよ」

「あ……すまない」

「姫谷先生も二次会行かれるんですか」

「ああ。でも適当なところで抜けさせてもらう。カラオケ屋の空気はどうもぼくの体質に合わないみたいで長居すると窒息しそうになる」

マイクを握って熱唱する景が想像できなくて、悠月は思わずクスリと笑った。

「なんかちょっとわかる気がします」

「送別会、歓迎会、新年会、忘年会、学会……本当のところ、会のつく集まりはすべて苦手だ」

学会を、新年会や忘年会と並列するところがいかにも景らしい。

「でも、こうしてちゃんと出席しているじゃないですか」

「岸川さんには毎日お世話になっている。出席するのが礼儀――――あ」

歩きながら小銭入れを覗いていた景が突然立ち止まる。

「どうかしましたか？」

「いや……喉《のど》が渇いたからお茶を買おうと思ったんだが、小銭を切らしていた」

「じゃあ俺が」

買ってきましょうかと口にするより早く、前方でドタドタと人が走り出す気配がした。

琉聖だった。いつの間にか背後の会話に聞き耳をたてていたらしい。

数十メートル先の自販機までダッシュした琉聖は、驚くほどのスピードでコインを投入、落ちてきたペットボトルを鷲《わし》づかみにするや、イノシシのスピードで戻ってきた。

その間、たったの三十秒。

「ほら景、買ってきたぞ。飲め」

息を切らしながら、琉聖は緑色のペットボトルを意気揚々と景の胸先に突きつける。

「ん」

苦しゅうない、とばかりにボトルを受け取ると、景はその白く細い喉をコクコクと鳴らしてお茶を喉に流し込んだ。

「琉聖も飲むか？」

「ああ。ひと口もらうかな」

景からボトルを受け取った琉聖は、販売機の前に突っ立ったままの石上を一瞥《いちべつ》し、これ見よがしにゴクゴクと音をたてて残りのお茶を呷《あお》った。

「あ、景と間接キスだ」

小学三年生のようなことを言って笑う琉聖に、石上の視線はひんやり冷たい。苦々しさと軽蔑《けいべつ》の入り混じった複雑な視線だった。

「ほら景、まだ少し残っているぞ。飲め」

「……ん」

パチパチと、見えない火花を散らす石上と琉聖。

その間で「お茶はやっぱり濃茶に限る」と、ひとり頷く景。

以前から薄々感じていた三人の妙な関係の縮図を目の当《ま》たりにして、悠月の不可解はとうとう極限に到達した。

ふたりの諍いの挾間《はざま》には、いつも景の存在があるような気がしてならない。

いや、どう考えてもそうだ。

――三角関係、とか？

脳裏に浮かんだ言葉を、悠月は首を振って否定した。

琉聖はともかく、石上は既婚者だ。

「まさかだよな……でも」

足を止めた悠月を、琉聖が振り返った。

「天見！　遅《おせ》ーぞ」

「あ、はい」

「お前なぁ、新米の院生なんだから先に行って受け付け済ましとくくらいしろよな。ったく最近の学生は気がきかねえんだから。なあ、景」

ぶつくさ言いながら、琉聖の手がさりげなく景の背中に添えられる。

「寒くないか、景」

「いや、別に」

「俺のジャケット貸してやる。昔っからお前、寒がりだから」

「寒くなんかないと言っているだろ。まだ十月だ」

わざわざ脱いで差し出したジャケットを突き返され、琉聖はそれでもどこか嬉《うれ》しそうに眦《まなじり》を下げた。

間違いない。少なくとも琉聖は、景に特別な感情を抱いている。悠月は確信した。

ならば石上はどうなのだろう。

石上もやはり景に対して、琉聖と同じような思いで接しているのだろうか。

さりげなく振り返ってみると、白髪交じりの教授は倫子と何やら楽しそうに談笑しながら歩いていた。たった今琉聖に向けた冷ややかな表情は、跡形もなく消えている。

「ってか、そもそも三人とも男……」

立ち尽くす悠月を、もう一度琉聖が振り返った。

「おい、天見！　先に行って受け付けしとけっつってんだろ！」

「は、はい！」

「それから、フライドポテトと焼きおにぎりを頼んでおけ」

「わかりました！」

悠月は駆け出し、あっという間に一行を抜き去る。

夜の路地を全力疾走しながら、どうかすべてが自分の思い違いでありますようにと、頭上の三日月に祈った。


医学生たちの間で、法医学は最も人気のない分野のひとつと言っても過言ではない。

今年臨床研修を終えた大学の同期で、法医学に進んだのは悠月ただひとりだった。しかも修桜大の法医学教室に大学院生が入ったのは、景以来のことだという。

それでも修桜は院生がいるだけマシで、十年も二十年も新人が入らない教室もザラにある。残念なことだが、それが今の法医学界の現状だ。

法医学とは、法律上問題となる医学的事項を検査・研究し、それによって問題点を解明して、法律的な解決に寄与することを目的とする学問だ。より具体的に言うと、裁判などで医学的判断が必要となった場合に解明助言を提供する部門、ということになる。

日本では毎年百万人ほどが亡くなっているが、自宅や路上など病院以外の場所で亡くなる人は十五万人ほどいる。その中でさらに、明らかに病死と考えられる場合を除いたものを「変死体」と呼ぶ。

変死体が発見されると、まずその死が犯罪絡みかどうかを判断するために、検視というのが行われる。つまり死体の見分だ。検視で犯罪性がないと判断されれば、遺体は警察が委託した検案医の立ち会いのもと、死亡診断書（死体検案書）が発行される。一方で犯罪性が疑われると判断された場合には、警察はすぐさま裁判官に令状を取り、各都道府県の大学の法医学教室に遺体を運ぶ。

そこで法医学者の手による司法解剖が行われるのだ。

修桜大学の法医学教室には、年間百五十体ほどの変死体が運ばれてくる。三日にあげず司法解剖が行われているわけだ。一日に三体、という時もある。日々鼻を突くような死臭にまみれ、感染事故の危険と隣合わせになりながら、黙々と司法解剖をこなすのだ。

キツイ、汚い、危険。

いわゆる「三K」の見本のような労働環境といえる。

給与は他の臨床科と比べ、話にならないほど激安。危険手当も残業手当もない。しかも人員削減が進む昨今では、高い志を持って法医学に進もうとする若者がいても、先々のポストがない。そんな状況だから法医学者を目指す者が少ないのも仕方がないことかもしれない。

実際「法医学に行く」と宣言した悠月を、何人もの友人が引き留めようとしたし、悠月とて最初から法医学を志望していたわけではなかった。

大学六年生のある日、ポリクリで一緒に回っていた友人に誘われ、見学に来たのがここ修桜大学法医学教室だった。その友人自身は、法医学に進む気などさらさらなかった。単に推理小説マニアだったのだ。

人生の迷いごとが、群れを成して押し寄せていた時期だった。すべてのことに嫌気が差して、進路も、未来も、明日の自分も、何もかもどうでもよかった。だからその誘いも二度三度と断ったのだが、あまりにしつこいので渋々付き合うことにしたのだった。

自暴自棄気味の自分を心配してくれていたのだと気づいたのは、それからずいぶん後のことになる。

渋々訪れた研究室だったが、悠月はそこで運命的な出会いをする。

美しいメス捌き。凜とした無駄のない動き。それまでに出会ったどの臨床医より、その男の動きは優雅で丁寧で、どこまでも緻密《ちみつ》だった。

『修桜の法医には、姫がいる――って話、知ってるか』

見学に向かう電車の中で、友人が言った。

『姫？』

『ああ。地下室の姫』

『女の先生なのか』

『いや、男。地下の解剖室でメスを振るう美貌の助教。そこらの女よりずっときれいだって話だぜ』

『きれいってさぁ……』

どんなに姿形が整っていても、しょせん男は男だろうと、その時の悠月は思ったものだ。

『姫谷先生っていうんだ』

『なんだ、名前が姫谷だから姫ってことか』

『まぁそれもあるんだろうけど、とにかく美人なんだってさ』

ふん、と肩を竦《すく》め、悠月は車窓に目を移した。

男が美人ってなんじゃそら、というのが正直なところだった。

けれど基礎研究棟一階にある法医学教室の扉を開いた途端、その噂が冗談でも誇張でもなかったことを知った。

『どうも。姫谷です』

今日の鑑定医だと名乗ったその男に、悠月は一瞬視線を奪われる。

窓からの陽光に照らし出された横顔に、思わず自己紹介も忘れて息を呑んだ。

きれいだと思った。

男だということは知っていたし、間違っても女性には見えなかったが、それでもしばらくの間ぼーっと見入ってしまった。美人という表現が適切かどうかは別にして、精巧な作り物のように美しいフォルムだと思った。

しかし悠月が心底驚いたのは外見の美しさよりも、解剖における彼の所作だった。およそ

解剖しているとは思えない滑《なめ》らかかつ無駄のない手つき、素早い判断、鋭い洞察、的確な所見、そのすべてに心を打たれた。

死者の声を聞くのだと、法医学の偉い先生の本に書かれていたことを思い出した。

景のメスが、手が、亡くなった者の声を聞き取ろうとしているように感じられ、解剖室の片隅で悠月は、厳《おごそ》かで静謐《せいひつ》な感動に包まれた。死に瀕した人間を救うのも医学だが、伝えられない思いを残したまま亡くなった人間の声を聞くのもまた、同じ医学なのだ。

確信した悠月は、その場で己《おのれ》の進路を決定した。

『俺、卒業したらここに来ます。法医学やります』

突如断言した見学の学生に、景は『あっそ』と非情なまでに素《そ》っ気《け》ない。

驚きの声を上げ、待ったをかけたのは教授の石上だった。

『法医学を希望してくれることは大変嬉しいが、急ぐことはないから二年間臨床をやってきなさい。生きている患者さんにたくさん触れて、それでもやっぱり法医をやりたいというのなら、二年後にまた来なさい』

法医学を含めた基礎研究に進む場合には、卒業後の臨床研修は免除される。できることなら卒業と同時に研究室に入りたかった悠月は、出鼻をくじかれ臍《ほぞ》を嚙《か》んだが、長い目で見れば臨床の経験は決して無駄にはならないと己に言い聞かせて、二年間の武者修行に出たのだった。

「ストップ！」

正面からの鋭い声に、悠月は思わずメスを持つ手を引っ込めた。

「へっ？」

「へ、じゃない。もう少し丁寧にしないと腸管を傷つけてしまう」

「あ……すみません」

ステンレスの解剖台に横たわる遺体に向かう瞬間は、何度経験しても緊張するものだ。前回の執刀時には「もう少し思い切って引け」と言われたのだが、今日は逆に力が入りすぎたらしい。

すでに亡くなっているとはいえ人間の身体《からだ》にメスを入れるのだから、繊細な作業には違いない。司法解剖の場合、遺体は証拠品でもあるためミスは許されない。

週明け、月曜の朝一番で運ばれてきたのは、四十代の男性の遺体だった。

住宅街を貫く幹線道路の分離帯に横たわっているところを、ウォーキング中の近所の主婦が発見した。救急車到着時にはすでに心肺停止状態で蘇生《そせい》しなかった。死亡確認は午前三時二十分で、その際の直腸温は三十二度――という報告を先ほど所轄の警察官から受けた。

現場の状況と外表の所見から、ひき逃げされたのではないかと推定されたが、先入観は禁物だ。

ゴム長を履き、胸まで隠れる長いエプロンを纏《まと》い、体液が飛び散った場合に備えて透明のフェイスカバーを装着する。ゴム手袋を二枚もしくは三枚はめ、その上からさらに軍手をつけるのは、針刺し事故を予防するためだ。

悠月が初めて執刀を許されたのは、ほんのひと月前のことだ。

臨床研修で手術は何度も経験済みだったが、解剖には解剖特有の技術が必要になるため、臨床とは違った緊張感を強《し》いられる。臨床のものより大きめの解剖用メスを持つ時、悠月の胸には見えない若葉マークが貼《は》られているのだ。

景には及ばないが、悠月も手先は器用な部類だ。けれど指導医の厳しい視線の前ではどうしても緊張感が先に立ってしまい、すべての作業が終わる頃には毎度全身が汗でベタベタになる。

交通事故の場合、得てして解剖に時間がかかる。全身が傷だらけ、骨折だらけということが多いので、外側から見た傷の様子を確認する作業だけで、多大な時間を要するのだ。それから傷を一カ所一カ所写真に収め、ようやくメスの登場となる。

今日も、解剖開始からすでに三時間が経過していた。

記録係の麻衣が、少し離れた事務机でポキッと首の骨を鳴らした。

「注意深く……そう、そこで止める」

鑑定医の景の手を借りながら肋骨《ろっこつ》を外すと、ようやくすべての内臓が露《あら》わになる。

「心臓……ひどいですね。破裂してる」

遺体の内部は、やはりかなりのダメージを受けていた。随分と慣れてきたとはいえ、損傷の激しい遺体を目の当たりにすれば、いたたまれない気持ちになるのを否めない。

「直接の死因は心破裂。ほぼ即死だったはずだ。脾臓《ひぞう》も破裂しているが、腹腔《ふっこう》内にはそれほどの出血がない。なぜかわかるか」

「すぐに循環停止に陥ったから、ですね」

胸腔内から取り出した心臓を傍らのバットに載せながら答えると、景は静かに頷いた。

「身体の上面にタイヤによる圧迫痕跡、下面には擦過打撲傷。左半身を轢過《れきか》されている。おそらくその際に心破裂したんだ。ところが衝突創とみられる明らかな所見がない――これをどう判断する、天見くん」

「えぇっ……と、ですね」

悠月は即座にありったけの知識をかき集め、死因を推察する。

「バンパー創とかがまったくなくて、それで轢過されているんだとしたら……あ、たとえば酔って路上に寝ていたとか？」

「被害者は昨夜、会社の同僚と深夜まで酒を飲んでいたそうです」

先ほどまで写真係を担当していた所轄の警官が、悠月の考察を裏付けるように言った。

「やっぱり」

自分の考えが見当外れでなかったことに安堵し、悠月は続けた。

「酔って前後不覚になってうっかり路上で眠り込み、車に轢《ひ》かれた……って感じっすかね」

同意を求めようと視線を上げると、正面の瞳が鋭く光った。

「それは、今ぼくたちが決めることじゃない」

「……え」

「ぼくらにとっては遺体の所見がすべてだ。見た以上のものはわからないし、ましてや『って感じ』などと想像でものを言うのは言語道断だ」

怒っているわけではなさそうだが、普段よりもいくらか厳しい口調で景はそう言った。

「路上に横になった状態で車両に轢過されたことは、外表及び解剖の所見からほぼ間違いないと判断できる。しかし『酔って前後不覚になって眠り込んだ』のかどうかまでは、この遺体の所見からは判断できない」

「……はぁ」

いまひとつ要領を得ない悠月の返事に、景は眉根に微妙な苛立《いらだ》ちを刻む。

「わざと横になっていた可能性だって、ないとはいえない」

「わざとってそんな、だって——あっ」

自殺。

その可能性も否定できないと、景は言っているのだろう。

「まずは目撃者の有無。それからどの程度酩酊《めいてい》していたのか、生前自殺をほのめかしたりしていなかったか、遺書が残っていなかったか。できうる限りの捜査をした結果からでないとはっきりしたことは言えない。そしてその捜査はぼくらの仕事ではない」

「そうですね……すみませんでした」

先入観は禁物と、さっき自分に言い聞かせたばかりなのに。

悠月は地味に落ち込むのだった。

この仕事をしていると時折、情というものが邪魔に思えることがある。

ひき逃げは卑劣極まりない犯罪だ。仮に被害者の自殺だったとしても轢いて逃げたことに変わりはない。遺書でも見つかれば別だが、このまま「酔って路上で眠ってしまい、運悪く車に轢かれた」と結論づけた方が、遺族の気持ちは収まりがいいのではないか。

ついそんな弱気なことを考えてしまう自分に活を入れるように、悠月はやや凝ってきた肩をぐるぐると回した。


結局解剖室を出ることができたのは、午後一時過ぎだった。

「うがぁ……腹減った」

朝食はしっかりとってきたが、四時間以上に亘《わた》る立ちっぱなしの作業ですべて消化されてしまった。

「天見くん、お昼どうする？　私コンビニに行くけど、お弁当か何か買ってこようか」

「お願いします。なんでもいいんで、がっちり食えるやつ。唐揚げとかとんかつとかハンバーグとか……大盛りがなかったら、ふたつくらい頼みます」

育ち盛りの高校生のような注文をして、悠月は休憩室のソファーにドサッと沈み込んだ。

「はいはい。急いで買ってくるから、それまで餓死しないでね」

「よろしくです」

笑いながら麻衣が出ていくと、入れ違いに景が入ってきた。

手には昼食と思《おぼ》しき袋を下げている。

「お疲れさまです」

席を譲ろうと身体を起こすと、景は「そのままでいい」と言って部屋の隅にある小さな丸椅子に腰をおろした。袋から取り出したのは、菓子パンひとつと紙パックのウーロン茶。彼の昼食は、いつもこんなものだ。

「姫谷先生、お昼それだけで足りるんですか」

以前から気になっていたことを口にすると、実に短い答えが返ってきた。

「足りる」

「夕方腹減ったりしません？」

「別に。というか、あまり空腹を感じない体質なんだ」

そんな体質があるのだろうかと訝《いぶか》る悠月の前で、景は紙パックから剝《は》がしたストローを上部の穴にぷすりと刺した。

悠月にとって、菓子パンは文字通りおやつでしかない。市販の菓子パンを食事にしようとするなら軽く十個は必要だろう。昔から大食漢ではあったが、この仕事をするようになって更に食欲が増した気がする。司法解剖の連絡が入る時間はランダムで、食べたい時に食べられないことが増えたからだ。

研究室に来たばかりの頃『食える時に食っておかないと』と、解剖前にガツガツ食べていたら倫子に大笑いされた。解剖の前後には食欲が落ちるのが普通で、新人などは家に帰ってからも食事が喉を通らないことも珍しくないという。そういう意味において、悠月はこの仕事に向いているのかもしれない。

「でも、クリームパンにウーロン茶って、なんとなくミスマッチというか」

アンパンに野菜ジュース、シャケのおにぎりにココア。景と食事を共にすると、しばしばそういったかなりチャレンジャーな取り合わせを目にするが、本人は特にチャレンジしているつもりはないらしい。

「ミスマッチ？」

クリームパンの端にかじりついたまま、景がチラリと視線をよこす。

「あ、すみません。別にいいんです。姫谷先生が美味《おい》しいと思われるんでしたら」

「別に美味しくはないが」

「えっ」

「不味《まず》くもない」

悠月は座ったままカクンと脱力する。

栄養バランスや味に無関心なだけでなく、食べるという行為そのものに興味がなさそうな口調に、悠月は苦笑混じりの進言をする。

「余計なおせっかいかもしれませんけど、もう少し食った方がいいと思いますよ。朝とか、ちゃんと食べてきたんですか？」

「食べた。こう見えても、朝食はなるべくとるように心がけているんだ」

堂々と答える景は、怒っているわけでもしおれているわけでもなさそうだ。強いて言うなら、若干小鼻をぴくぴくさせて……。

「昨夜なんかは自分で米を研いで、炊飯ジャーのタイマーをセットした。今朝になったらちゃんとご飯が炊けていた。気が向けばぼくだってそれくらいはする」

「…………」

どうだ褒めてくれと言わんばかりの表情に、悠月は頬《ほお》を引き攣らせる。

米を研いでタイマーをセットして、ご飯が炊きあがらなかったらそれはジャーの故障だ。

「おかずも自分で作ったんですか」

「おかず？」

「ええ。卵焼きとか、味噌汁《みそしる》とか」

景は口の中のクリームパンを咀嚼《そしゃく》しながら、視線を斜め四十五度上方に向ける。悠月の推測が違っていなければ、今朝自分がおかずに何を食べたのかを思い出しているのだろう。

「わざわざ作らなくても、うちにはいつもおかずがある」

「へえ」

冷蔵庫に佃煮か何かが常備されているのを想像した悠月だが、次の瞬間、聞こえてきた台詞に耳を疑った。

「醤油《しょうゆ》」

「……へ」

「醤油だよ。炊きたてのご飯にかけると美味《うま》い。ただし、かけすぎるとしょっぱい」

「ひ……」

姫谷先生、それはおかずじゃなく調味料です。そうつっこもうとしたのだが、景がちっともふざけてなどいないことに気づいて、つっこめなくなってしまった。

「容器の空気穴を指で押さえて、少しずつかけるのがコツなんだ」

バター醤油にするとか、鍋肌に醤油を落としながらご飯を炒めるとか、そういうアレンジをきかせているわけでもなさそうだ。悠月はますますもって唖然《あぜん》とする。

景はかなり細身だ。白衣の上からでもそれとわかる。

貧相なわけではなく、どちらかというと『無駄なモノをすべてそぎ落としたらこれくらいしか残りませんでした』的な印象なのだが、もう少しあちこち肉がついていても悪くないような気もする。何よりそんな食生活を送っていては、いつか健康を害してしまう。

さらに問題なのは、本人に危機意識がまるでないところだ。

ジャーでご飯を炊いたことを自慢げに話すあたり、すでに末期といえる。

しかもおかずが醬油。

「朝が醬油かけご飯で、昼がクリームパンとウーロン茶ですか」

「何か問題でも？」

問題ありありだ。ありすぎて、どこから攻めればいいのかわからないだけだ。

悠月が眉をハの字にしているうちに、景はクリームパンをすっかり胃に収め、包装のビニールをくしゃくしゃと丸めながら立ち上がった。

食後という言葉は、景にとって仕事と等しい。いそいそと実験の続きに向かう背中に、悠月は「姫谷先生」と声をかけた。

「なんだ」

「あの、よかったら今日うちに晩飯食いに来ませんか」

「きみの家に？」

「はい。実家から送られてきた肉があるんです」

「肉？　きみの実家は肉屋なのか」

父親はサラリーマンで母親は専業主婦だと、以前話したはずなのにすっかり忘れているようだった。

「肉屋じゃないですけど、俺が肉好きだから、実家からしょっちゅう冷凍便で送られてくるんです。送ってくれるのはありがたいんですけど、うちの母親、量とか考えないで一キロとか二キロとか平気で入れてよこして……三日前にも焼き肉用のカルビが大量に届いたんです。食うの手伝ってもらえると嬉しいんですけど」

実家から時々肉が送られてくるのは本当のことだ。けれど大食漢の悠月にとっては一キロの肉などひとりでも充分に片付けられる。手伝って欲しいというのは、景が気を遣わないようにという悠月なりの配慮だった。

「カルビ、嫌いじゃないですよね」

「…………」

「嫌いですか？」

「……いや」

「だったらどうぞ。今夜、先生に用事がなければですけど」

景はドアの手前で立ち止まり、悠月の顔を穴の開くほどじっと見つめていたが、やがて静かな声で答えた。

「用事はない。行く」

心のどこかで断られるような気がしていたので、悠月は思わず満面の笑みを浮かべた。

「ホントですか。よかったぁ。ひとりでカルビ焼いて食うのって、かなり淋《さび》しいんですよ」

「そうなのか」

「だってカルビですよ？　肉じゃがなら別にひとりで食っても平気ですけど、ホットプレートの前にひとりで座って黙々と肉焼くのって、どう考えても淋しいですよ」

「ふうん。そういうものなのか」

今ひとつ理解できていない様子で景は軽く首を傾げ、ようやくドアノブに手をかけた。

「ぼくは何を用意すればいいかな」

「手ぶらでいいですよ。ビールも野菜もありますから」

わかった、と軽く頷いて景は出ていった。

悠月はもう一度、くたびれたソファーに深く沈み込む。

どことなくウキウキ気分の自分が可笑《おか》しかった。

子どもの頃、やたらと道ばたで動物を拾ってきては両親に怒られた。泣き落としという常《じょう》套《とう》手段で、動物はたいてい悠月の部屋に居着くことになった。

捨て犬、捨て猫、迷いインコ――景を見ていると、意味もなく当時のことを思い出す。

なんだかちょっとワケアリな目をした小動物。

景にはそんな雰囲気があった。

「しかし……腹減った」

特大弁当を手にした麻衣が「ごめん、遅くなった」と現れたのは、それから三分後のことだった。


ひと足先に上がった悠月が車を回してくると、ダークグレイの上着を羽織った景が正面玄関から出てくるところだった。助手席に彼を乗せて走ること二十分、車はマンション裏手の駐車場に到着した。

車中、ふたりはほとんど言葉を交わさなかった。

なぜなら座席につくなり、景が眠ってしまったからだ。

「まさか午後も解剖入るとは思いませんでしたよね」

「……あぁ」

「二件続けて交通事故なんて。しかも石上先生は一日中いないし」

「……ん」

「ホント運が悪い日でしたよね」

「……ん」

「姫谷先生、さすがに疲れたんじゃ——あれ、先生？」

「………………」

「姫谷せんせ…」

ちょっと疲れたなぁとか、そんな前振りもなくいきなりコトンと寝入っていた。欠伸《あくび》すらしなかった。

校門を出てハンドルを切る際、景の首がカックンと折れた時は、一瞬死んでいるんじゃないかと不安になったが、顔を近づけると微《かす》かに穏やかな寝息が聞こえた。午前四時間、午後三時間、ほぼ立ちっぱなしの解剖でさすがに疲労困憊《こんぱい》だったのだろう。

エンジンを切り、無防備な寝顔を覗き込む。

起こすのが気の毒なくらい熟睡していた。

「しっかしまぁ」

これほど接近して景の顔を見たのはもちろん初めてのことだった。

悠月はふと『地下室の姫』の噂を思い出す。初めて会った時から飛び抜けてきれいな人だとは思っていたけれど、間近で見ると本当に、ため息が出るほどの美しさだ。

「眉目《びもく》秀麗、か」

地下に籠《こ》もりがちなせいか、景の肌は男にしてはきめ細かい。顎から首筋にかけての色などは青磁の焼き物のようだ。髭《ひげ》の薄い体質らしく、この時間になっても口の周囲がさらっとしている。顔のパーツはどれも大きすぎず小さすぎず、それぞれが「ここ」という場所にきちんと収まっていた。

確かに姫扱いされてもおかしくない風貌だが、かといって決してなよなよしているわけではない。なんともとらえどころのない、中性的で不思議な魅力だった。

柔らかそうな髪からふわりと香るのは、シャワールームに置いてあるシャンプーの匂《にお》いだ。解剖の後はたいてい、みんなで順番にシャワーを浴びるのだ。

「……ドライヤーかけないのかな」

側頭部の髪がひと摑み、くるんと外側に跳ねている。腰のなさそうな栗色の髪は、いつも無表情な景の印象を、幾分和らげているような気がした。

仕事に関しては完璧なまでにそつのない景だが、反動なのだろうか、身の回りのことについては随分とおろそかなところがある。髪が跳ねているのも今日に限ったことではない。もしかすると、きちんとセットされている日の方が少ないかもしれない。

黒のハイネックの上にさらりと羽織ったダークグレイのジャケットは、質感もセンスも悪くない。細身のコットンパンツとのバランスも良く、華奢《きゃしゃ》な景によく似合っていると思うのだけれど。

「いかんせん、ボタンがねぇ」

ジャケットのボタンをかけ違えていることに気づき、悠月は苦笑する。このままずっと見つめていたいところだが、そろそろ景を起こすべくその肩に触れた。いつまでもふたりして停めた車の中にいるわけにもいかない。

「先生、姫谷先生」

軽く肩を揺すると、景は「んっ」と短く唸《うな》り、もぞもぞと身体を動かす。

「着きましたよ、先生。起きてください」

「ふ、んがっ」

姫にあるまじき声を上げ、景が瞳をカッと開いた。

「目、覚めましたか？　あんまりよく眠っていたんで起こすの迷ったんですけど」

「……しっぽ」

「えっ？」

「早く、しっぽ……しっぽを頼む」

「…………」

聞き違いかと思ったが、二度同じことを口にしたので言い違えたのではなさそうだ。

「しっぽ、ですか？」

この車の中にしっぽらしきものは、多分ない。

七宝焼きとか、卓袱《しっぽく》料理などを積み込んだ覚えもない。

謎めいた言葉に首を捻《ひね》っていると、景が大きな伸びをしながら目を開いた。

「……ぼくのカルビは？」

「へっ？」

「カルビ……やっと切り取ったのに」

「き、切り取った？」

真顔で迫られ、悠月はたじろぐ。

「カルビはえっと、まだ冷蔵庫の中ですけど」

「れいぞう、こ？」

景は、何度か目を瞬《しばたた》かせた後、車内をきょろきょろと見回した。

「……夢を見ていたのか」

「夢、ですか」

「牛の解剖をする夢だ」

「うっ、牛の……」

持っていたキーを、危うく落としそうになった。

「牛の変死体が運ばれてきて、きみがぼくに『今日の鑑定医は姫谷先生ですよ』と言うんだ。ぼくは牛の解剖なんてやったことがないから『できない』と断るんだけど、きみはすごく意地悪な声で『解剖しないとカルビ食べさせてあげませんよ』と言った」

「……はぁ」

「解剖台に載せるのが大変で、石上先生が頭を、きみが背中のあたりを、岸川さんが前足を、倫子さんが後ろ足を、そしてぼくが尻《しり》をそれぞれ引っ張り上げようとするんだけれど、なかなか持ち上がらなくて」

「……ええ」

「そうこうしているうちに、牛が生き返ってしっぽをぶんぶん振るんだ。それがぼくの顔に当たりそうになって……だからきみに『しっぽをなんとかしてくれ、頼む』って」

「あ、あはは……は」

フロントガラスに視線を固定したまま、ニコリともせず珍妙な夢の話をする景。

その横顔を悠月は、口を半開きにしたままじっと見つめるしかなかった。

リビングの中央に鎮座する小さなテーブルが、悠月の食卓兼勉強机兼パソコン台だ。

その中央にいそいそとホットプレートをセットすると、温まったところで手際よく肉や野菜を並べた。

「解剖しなくても、ちゃんと切れてますからね」

からかいを込めて言うと、景の片頬がひくりと小さく動いた。

「さ、どうぞ。あんまり焼きすぎないうちに、次々取って食ってください」

「……うん」

缶ビールで乾杯し、ふたりは肉をぱくついた。

景は思いのほかよく食べ、よく飲んだ。量的には悠月の半分以下だが、悠月が常人の三倍は食べるので、景が普通ということになる。

休憩室でもそもそと菓子パンをかじる姿がデフォルトだっただけに、悠月はその食いっぷりに少々驚き、同時に安堵もした。少なくとも病的に小食なわけではなさそうだ。

「美味いですか？」

テーブルの向こう側で、焼きたてをはぐはぐしながら景がこくりと頷く。

「まだまだいっぱいあるんで、遠慮なくガンガンいっちゃっていいですからね」

「……ん」

「ちゃんと野菜も食ってくださいよ」

「……ん」

短い返事だが、機嫌は悪くなさそうだ。

たった半年だが、毎日のように顔を合わせているのだ。たとえばほんの短い「ん」であっても、それが否定の「ん」なのか、肯定の「ん」なのか、はたまた疑問の「……ん？」なのか、悠月にはおおよそ理解できるようになっていた。

少なくとも今、景は不機嫌ではない。悠月にはそれがたまらなく嬉しかった。

「しかし、先生らしいですよね」

「ん？」

「さっきの夢の話です。カルビから牛っていう連想はわかるんですけど、そこから解剖って、いかにも姫谷先生だなぁって」

そんな揶揄《やゆ》に、景は怒るわけでも笑うわけでもなく、ふんっと素っ気なく鼻を鳴らすだけだった。

「夢なんて、いつ見たきりだろう」

「あんまり見ないんですか」

「少なくとも見たという確かな記憶はない。だからとても驚いている」

「子どもの頃にも見たことないんですか」

「覚えていない。もしかすると初めてかもしれない」

「初めて見た夢が、牛の解剖？」

悠月は、あははと声をたてて笑った。笑いながら、とても不思議な感覚に陥る。

自分たちは毎日毎日、解剖台を挟んで数限りない会話を交わし、時に叱咤《しった》され、時に教えを請いながら濃密な時間を過ごしている。ひと仕事終われば休憩室で食事をとりながら話もするし、先週末のような内輪の飲み会も何度かあった。

しかし姫谷景という男は、どんな話をする時も理路整然としていて、その寸分の隙《すき》もない口調はまるで、脳内の原稿を読み上げているように感じられることとさえある。研究者としても鑑定医としても尊敬できる存在ではあるが、どこか他を寄せつけないオーラを感じてしまうのも確かだった。

「ぼくは何か可笑しいことを言っただろうか」

「いえ、別に。あ、そこの肉もう焼けてますよ」

以前石上が景を称して言っていた。

姫谷くんは、カンがいいのだと。

それもちょっとやそっとではない。メスを持っている時の景は、九割方直観で動いているのだというのだ。

直感ではなく、直観。一種神がかりなのだと石上は言う。

たとえばそこにひとつの遺体があって、誰の目にも同じ位置に同じ形の傷が見える。遺体を搬送してきた所轄の警察官や鑑識係の話も、解剖室にいる全員が等しく耳にする。けれどもそこから何を導き出すのかは、見る人によって異なる。条件、つまり遺体の状態やら亡くなった時の状況やらが多ければ多いほど、答えに至るたくさんの道筋が見えてしまい、鑑定する者を楽しくない迷路へと誘《いざな》う。

何が正しいのか、どれが真実なのか。

自殺なのか他殺なのか、故意なのか過失なのか、必然なのか偶然なのか。

景は無限にある道の中から、ほぼ瞬間的に迷路の出口を探すのだという。

遺体が訴えているすべてのメッセージをキャッチし、短時間のうちに必要かつ充分な答えを出すことは、何年もこの仕事に携わっているベテランでも難しい。それを景は、実に易々《やすやす》とこなすのだ。

持って生まれたセンスだと言われればそれまでなのだが、悠月はもうひとつ、景の思考がぶれない要因に心当たりがある。彼が、決して感情を乱さないことだ。

こんな亡くなり方をして気の毒に、可哀想《かわいそう》に。

そういった気持ちは時に冷静な判断を鈍らせる。だからできる限りそういった感情を廃した方がいいと頭ではわかっていても、幼い子どもの無残な遺体に接すれば、やり切れない気持ちにもなるし、虐待の可能性が高いとなれば怒りも込み上げる。

景とて顔には出さないだけで、そういった複雑な思いは常に抱いているに違いない。解剖中、時折ほんの一瞬、わずかに眉根をきゅっと寄せることでわかる。ただ、それ以上の感情表現をすることはない。

そんな景が、牛の夢を見たというのだ。

夢を見たことがどうということではない。焼きたての肉をはふはふしたり、「牛の変死体が運ばれてきて」などと語ったりする景を、悠月は今まで想像したことがなかったのだ。

なにやら無性にワクワクした。ひどく珍しいもの——そう喩《たと》えて言うなら、絶滅危惧《きぐ》種の知られざる生態を目《ま》の当たりにしたような気分だった。

いや、そんなもの実際に見たことはないのだけれど。

「――それでそのレポートの中でぼくが一番興味を惹《ひ》かれたのは、とにかく解剖を一気にやってしまって、解剖すべてが終わった時点で所見をテープに一気に吹き込んで、後日それを書記係が書き起こすというシステムだ。なるほどと思った。日本の、それもうちのような手の足りない小規模な法医学教室には時にそういう思い切った改革も――おい天見くん聞いているのか」

お腹《なか》がいっぱいになったのだろう、正面の男はいつの間にか箸《はし》を置き、昼間読んだレポートの内容を熱く語っていた。アメリカの、どこだかの州にある監察医務院の話らしい。

「え、あぁ、はいはい。聞いています。姫谷先生かなり早口だから、録音するっていうのはなかなかいいアイデアかもしれませんね」

「あっちは、日本の法医学教室や監察医務院とは、あり方も考え方もまるっきり違う」

「犯罪絡みもそうでないのも、一括して監察医がやってるんでしたよね、確か」

「ああ。そもそも解剖率自体が日本とは比較にならないんだけれど、それでもぼくはね……」

「姫谷先生、もう一本飲めますよね」

「え？　あ……うん」

相づちを打ちながら缶ビールを手渡すと、景は案外素直にそのプルトップを引いた。

仕事の話をする景が、悠月は嫌いではない。

時に淡々と、時に熱く語られる内容のほとんどは、その日の解剖所見に関することや手がけている論文の内容に関することだ。少し早口な台詞の端々に、彼の鋭い観察力と卓越した考察力が垣間見えて、傍《そば》にいるだけでとても勉強になる。

しかしここは、研究室ではない。悠月の部屋なのだ。プライベートな空間で、しかもアフターファイブなのだから、もう少し別の会話もしてみたい。

「姫谷先生」

「ん？」

「先生は、本当に恋愛しないんですか」

「──は？」

アメリカの監察医務院の実情で頭がいっぱいになっていたらしく、景はきょとんとしたまま ゆっくり三回瞬《まばた》きを繰り返した。

「ほら先週、そんなこと言ってたじゃないですか」

「……あぁ」

景はようやく先週の金曜、居酒屋『十五夜』での爆弾発言を思い出したようだった。

もっとも〝爆弾〟だったという自覚はまったくないらしい。

「愛とか恋とか、形のないものを信じることに無理がある、みたいなことを言ってましたよね。あれってマジでそう思ってるんですか」

「本気だ」

「恋愛なんてくだらない、とか思ってるんですか」

「くだらないというより、そもそも興味がないんだ。恋愛に時間を費やすことに価値を見いだすことのできる人間はそうすればいい。止めもしないし愚かだとも思わない。ただ、ぼく自身のことについて言えば、恋愛には向いていない」

「誰かを好きになるのに、向き不向きってあるんですかね」

微妙に意地の悪い質問にも、景は眉ひとつ動かすことなく即答した。

「ごく自然にそこにいる誰かを好きになれる人間は向いている。そうでない人間は向いていない。単純にそういうことだろ」

「じゃ、先生は正真正銘、今まで誰も好きになったことがないんですか」

「ない」

予想どおりの答えではあったが、悠月はどうも釈然としない。

自分自身、恋愛体質かと聞かれればおそらく「違う」と答えるだろう。けれど二十六年も生きていれば、思い出にするのを躊躇《ためら》うような恋も経験している。失った時間に未練があるわけではない。ただ、今はもう他人なのだという事実を、時折思い出してはヒリヒリとした痛みを胸に抱くだけで。

「きみだって、恋人いないみたいじゃないか。毎日毎日遅くまで残って」

「俺は……今は、仕事が恋人みたいなものですから」

「ぼくも同じだ」

ここ三年ほどは日々仕事と勉強に忙殺され、特定の彼女をつくる余裕もなかったが、悠月は決して恋愛を拒否しているわけではない。

「先生から好きにならなくても、相手から告白されたことはあるんじゃないですか？」

「ない」

「まーた、嘘《うそ》ばっかり」

チビリチビリと缶ビールを傾ける景は、アルコールのせいかほんのり目元が赤い。惜しげもなくまき散らされる強烈な色気を、周囲の女性たちが放って置くはずがない。

男の自分ですら、視線を逸《そ》らせなくなりそうなのだから。

「どうしてぼくが、きみに嘘をつかなきゃならないんだ。ないものはない。誰かに告白したこともされたこともない」

「ただの一度も？」

「きみも大概しつこいな。ないと言っているだろ」

「男からも？」

「え？」

「……あっ、あの」

しまったと思ったが遅かった。あえて意識しないようにしていたのだが、やはり脳裏に琉聖と石上のことがこびりついていたようだ。

「男っていうのは、その、別に誰か特定の人のことを言ってるわけじゃなくて。女性からも男性からもモテるんじゃないかなぁ……なんて、ちょっと思ったりして、はは」

全然フォローになっていない。それどころか思いっきり墓穴だ。

あたふたと言い訳の言葉を探す悠月を、相変わらずまるっきり意図の読めない瞳がじーっと見つめている。

「す、すみません、俺、すげー失礼なことを」

「……いや」

さすがに気分を害したのかもしれないと思ったが、意外にも景は首を横に振った。

「誰かを好きになったり、好きになられたりする自分というのが想像できないんだ。もうずっと……物心ついた頃からだ。だから特に不自由だとも感じていない」

かなり淋しいことをさらりと言っているが、景が強がっているわけでも嘘をついているわけでもないことは伝わってきた。

「でも、童貞じゃないってことは——」

言ってしまってから、慌てて口を手で覆った。

今夜はどうも、マズイことばかり口から飛び出す。このままではそこいら中が墓穴だらけになって、自分の掘った穴に本当に落ちてしまうかもしれない。

「ホント、なんかすみません。俺ちょっと酔ったかも」

まだたいして飲んでいないんですけど酒のせいにしましたごめんなさいと、心の中で謝罪文を読み上げた。しかし読み上げながら、景の過去の〝体験〟がどんなだったのかを猛烈に知りたがっている自分がいて。

「高校一年の時だ」

いきなり景が言った。

「同じクラスの、たまに言葉を交わす程度の知り合いから『家に遊びに来ないか』と何度も誘われた。いちいち断っていたんだが、あんまりしつこいんである日仕方なく付いて行った。暑い日で……確か夏休みが始まる直前だったと思う。ところが家に着くなりそいつはどこかへ出かけてしまった。その家には、ぼくと、女子大生だという彼の姉が残された」

「まさか、そのお姉さんと？」

驚いて尋ねると、景は事もなげに「ああ」と頷いた。

「彼も、姉も、最初からそのつもりだったんだろう。あとで気づいたんだけど」

「……そんな」

「彼女はずっとしゃべってた。『体育祭の時に話したの覚えてる？』とか『先週駅前ですれ違ったよね』とか。確かに一度か二度、見かけたことがある気がしたから『覚えている』と答えた。すると彼女は『覚えててくれたなんて嬉しい』と、いきなり抱きついてきた。顔を覚えていただけで何が嬉しかったのか、ぼくにはさっぱりわからなくて、居心地悪くソファーに座っていたら、彼女はひとりでべらべらしゃべりながらあっという間に真っ裸になって、それからぼくの服も脱がせた」

「抵抗しなかったんですか」

「びっくりしてしまって、すぐには何をされているのかわからなかったんだ。性交に関する知識はあったが、目の前で起こっていることとその知識がてんで結びつかなくて……そうこうしているうちに、彼女がぼくのペニスを口に含んだり手で扱《しご》いたりし始めた」

「……っ」

悠月は女子大生の卑怯《ひきょう》なやり口に強い嫌悪を感じた。

しかし同時に景の口からつるりと飛び出した「ペニス」だの「扱いて」だのという単語に喉奥がゴクリと音をたててしまった。

「そ、それで？」

「勃起《ぼっき》した」

「ぼっ……き」

カルビの脂で景の唇が妙な艶《つや》を放っている。

速まる鼓動をなんとかしなくてはと思うのだけれど、これぱかりは自律神経の管轄なので悠月の意思ではどうにもならない。

「で、そうこうするうちに彼女がぼくの上に跨《また》がってきて、おもむろに腰を沈めた。ぼくのペニスが彼女の内部に挿入された、その瞬間……」

と、そこで景は手にした缶ビールを口元に運んだ。

焦《じ》らされているような気分になり、悠月は思わず先を促す。

「そっ、その瞬間？」

「その瞬間、ものすごぉく」

「ものすごぉく？」

前のめりになる悠月と視線を合わせることなく、景はゴクリとひと口ビールを呷ると鼻の頭に盛大な皺《しわ》を寄せて言った。

「ものすごく、気持ち悪かった」

「……へ？」

「気持ち悪かったんだ。とてつもなく」

「えっ……と、あの、気持ち良かったんじゃなくて、悪かったんですか」

「化粧品と香水の入り交じった匂いにむせ返りそうになった。吐きそうだった。でも初めてお邪魔した家の居間で吐くわけにいかないだろ。だから死ぬ思いで我慢していた」

我慢のポイントは、そっちだったらしい。

「大きなおっぱいが、ゆっさゆっさと揺れながら近づいてきた。プロレスの技みたいに上からがっちり押さえ込まれて、とうとうぼくはおっぱいとソファーの間に挟まれてしまった。あやうく窒息しそうになって、やめてくれと懇願したのに聞き入れてはもらえなかった」

イケナイと思いつつも、悠月は内心かなり興奮した。

巨乳の女子大生にではない。その下でもがき苦しむ高校生の景の姿に。

（やっ……天見くん、やめて……）

全裸の景が涙目で自分を見上げるところを想像してしまい、思わず頭を振った。

そして悠月は気づく。何かおかしい。

女子大生というフレーズだけで発射可能だった時期もあったのに、今の自分ときたら揺れるおっぱいにはなんの魅力も感じず、あろうことか同じ男である景の裸を想像して興奮しているのだ。

それってなんか、かなりマズくないだろうかと頭の片隅で冷静に考えた。

「ひたすら苦しくて、気持ち悪くて、早く終わってくれないかと心の中で念仏を唱えている間に、ぼくの海綿体からはすっかり血液が引いてしまってね」

「かっ、かいめん……」

「そしたら彼女が突然怒り出した。『どうして私じゃダメなの？』と叫んで泣き出した。彼女がやっとぼくの上からどいてくれたので『もう帰ってもいいですよね』と尋ねたらいきなり平手で頬を叩《たた》かれた。挙げ句の果てに『とっとと帰ってよ！』と怒鳴られた。ぼくは最後まで何がなんだかさっぱりわからなかった。ねえ天見くん」

「は、はい」

「ペニスの挿入はしたけれど射精には至らなかった。この場合ぼくは童貞ではないという認識で間違いないだろうか。参考までに天見くんの考えを聞きたい」

「……えっと、それは、どうなんでしょうねぇ、あは、は」

悠月はこれ以上ないというほど中途半端な笑いを浮かべ、天井やら床やらにチラチラと視線を散らした。潤んだ瞳で「挿入」とか「射精」とか、本当に心臓に悪い。

「あははじゃなくて真面目に答えてくれないか」

「す、すみません」

概要から察するに、九十九パーセント以上彼女が悪い。以前から弟のクラスメイトである景が気に入っていたのだろう。だまし討ちみたいに家に誘い込むのは最低だが、この場合、ほんの爪《つめ》の先くらいは彼女に同情の余地がなくもないような気もする。

「童貞という言葉の定義がそもそも曖昧《あいまい》ですからなんとも言えませんけど、挿入しただけじゃなく、射精までしないと〝至った〟とは認めないっていうヤツもいましたよ。大学ん時ですけど」

「そうだったのか」

「全然医学的な話じゃないですけどね」

「ふむ」

景がしかつめらしく頷いた。

「明日、早速訂正しなくては」

「訂正？」

「岸川さんに、間違ったことを言ってしまった」

「し、しなくていいです、全然。むしろしない方が」

悠月が慌てふためいたところで、どこからか携帯のバイブ音が響いた。

「俺じゃないですね」

「ん……ぼくだ」

景はズボンの尻ポケットからもぞもぞ携帯を取り出すと「ちょっと失礼」とテーブルに背中を向けた。

「どうしたんだこんな時間に……いや、家じゃない、天見くんのところに来ている」

誰からの電話だろう。「天見くん」で通じるのだから、おそらく研究室の関係者だ。

テーブルの食器を片付けながら、悠月は会話に意識を集中する。

「……どうしてって、別にいいだろ。たまたま彼の実家からカルビがたくさん……いや、彼の実家は肉屋じゃない」

電話の相手にまで、実家が肉屋だと勘違いされてしまったらしい。

「今から？　無茶言うな。ぼくも天見くんも飲んで……そんなこと言ったって普通は飲むだろう、焼き肉なんだから……え？　今から来る？　そんなに急な用なのか」

景が携帯を耳から離した。

内容までは聞き取れないが、ぎゃんぎゃんと叫ぶ相手の声が悠月の耳にまで届いた。

「急用じゃないなら明日にしてくれないか、琉聖」

「――っ、痛《い》って！」

悠月は思わず手にしていた小皿を足の甲に落としてしまう。

電話の相手は、よりによって琉聖だった。

金曜の夜の経緯に鑑《かんが》みれば、琉聖が景に対して特別な感情を抱いていることは間違いなさそうだ。今のこの状況は、どう考えてもあまりよろしくない。琉聖にとって景が他の男の部屋にいることは、面白かろうはずもない。

「だからふたりでカルビを焼いて食べて……ああ美味かった……話？　話の内容までどうしてお前に……だから大した話はしていない。女性の性器にペニスを挿入したら射精に至らなくても童貞ではなくなるのかという……」

「姫谷先生！」

たまらず悠月が声をかけるのと同時に、景は眉を顰めて携帯を耳からさらに遠ざけた。

「琉聖、そんなに大声を出さなくても聞こえている。とにかく急な用じゃないなら切る。じゃあ明日」

ぎゃんぎゃんのボルテージが最高潮に達したところで、景はいきなりプツリと電話を切ってしまった。

「き、切っちゃったんですかっ」

「切った。声がうるさくて、耳がキーンとした」

驚きのあまり、悠月は拾った小皿をもう一度落としそうになる。

「阿部先生からですよね。いいんですか、行かなくて」

「急用じゃないそうだから、別に構わない」

「でも、今ので阿部先生に思いっきり誤解を与えたような」

「誤解？　どんな」

「だからそれは……」

何をどう説明すればいいのか。悠月は途方に暮れ、その場に立ち尽くした。

景は、琉聖の気持ちにはこれっぽっちも気づいていないのだろうか。

倫子や麻衣の話によれば、琉聖は景が院生として研究室に入った当時から、足しげく通いつめているらしい。ということはそれより以前、医学部の学生だった頃から景を好きだったということになる。十年越しの恋という可能性もあるわけだ。

それほどの長きに亘って、たとえ直接ではないにせよ「好きだ」という態度を見せつけられてきて、景は本当に何も気づいていないのだろうか。

少なくとも琉聖は、叶わぬ恋心を胸に秘め……というタイプではない。はっきりと口に出さないだけで、景に対する思いは全身の毛穴から噴き出しそうなほどだ。

なのに景は気づいていない。いや、もしかして本当は気づいているのだけれど、気づかないふりをしているということはないだろうか。

「阿部先生、怒っていませんでした？」

「怒る？　琉聖が？　どうして」

景はきょとんと小首を傾げる。やはりとぼけている様子はない。

「いや、だって、すごい大声だったじゃないですか、電話」

「あぁ、あいつは普段から声が大きいんだ。オペ中もあの調子でスタッフを怒鳴りつけているらしい。本人は怒っているつもりはないと言うが、中には泣き出す看護師もいるようだ。やはり一度注意した方がいいかもしれない」

そういうことを言っているのではない、と喉まで出かかったのを飲み込む。

「阿部先生、今からここに来るっておっしゃったんでしょ？」

「ああ。だから、急用でもないのに来る必要はないと言った」

「そこです！」

悠月は小皿をもう一度テーブルに置くと、景の真横に腰を下ろし胡座《あぐら》をかいた。

そこだと言われて、景は素直に自分の周囲をキョロキョロ見回している。

「急用でもないのに『今から行く』。それがどういうことなのか、わかりませんか」

顔をぐっと近づけると、景はキョロキョロをやめて悠月の目をじーっと見据えた。

何か一生懸命に考えているようだった。

「用もないのに夜中に車を飛ばしたくなるくらいの、強い気持ちがあるんじゃないんですか、阿部先生には」

そこまで言えばさすがに気づくだろうと、悠月はちょっと甘めのヒントを出す。

すると。

「あ、わかった」

景がポンと膝《ひざ》を叩いた。

「やっとわかってもらえましたか。よかった」

「ああ。どうして気づかなかったんだろう。悪いことをしたな」

「ですよねぇ」

確かにあり得ないほど気づくのが遅いが、一生気づかないよりはマシだろう。

悠月は苦笑しながら立ち上がり、ようやく皿をキッチンに下げた。

「隠そうとしているみたいですけど、態度でバレバレですもんね、阿部先生」

「言われてみればそうだ」

景はクスリと笑って、残りのビールを喉に流し込む。

「琉聖も琉聖だ。はっきり言えばいいのに」

「はっきり言われたら、先生はどうするつもりだったんですか」

「どうって、それはぼくが決めることじゃないだろ」

「……へ」

景が決めなくて、一体誰が決めるというのだ。

悠月は、皿を洗おうとしていた手を止めた。

「だって今夜ぼくは、きみに招かれた立場なんだから。たとえそこの冷蔵庫の中にまだ肉が残っていたとしても、それをどうするか決める権限はぼくにはない」

「肉？」

「琉聖はね、一年三百六十五日焼き肉でもいいと豪語するくらいの肉好きなんだ。うっかり肉をご馳走になっていると言ってしまったもんだから、取り乱したんだろうな……可哀想なことをした」

「ひ……姫谷せんせ――うわっ」

悠月は脱力のあまり手を滑らせ、とうとう小皿を一枚割ってしまった。

洗い物を済ませてリビングに戻ると、景はソファーに背中を預けて眠っていた。ビールを飲んだせいもあるだろうが、車の中でも眠っていたのだから、やはりかなり疲れていたのかもしれない。

「悪かったかな、誘ったりして」

本当は、真《ま》っ直《す》ぐ帰って休みたかったのではないだろうか。逆に気を遣わせたのでなければいいなと思いながら、悠月はすーすーと寝息をたてる景にそっと毛布をかけた。

タクシーで帰ると言っていたから、あと一、二時間は寝かせておいてもいいだろう。まだ日付は変わっていないし、幸い明日は解剖の予定も入っていない。多少ゆっくりしていても問題はないはずだ。

静かにサッシを開け、ベランダで煙草に火をつける。

晩秋の夜風が頬に気持ちよくて、酔いを覚ますにはちょうどよかった。

ふーっとひと息、白い煙を夜空に吐き出すと、俄《にわか》に笑いが込み上げてきた。

「解析不能だな」

ベランダの柵《さく》に両肘《ひじ》を載せ、悠月はくくっと背中を震わせた。景は、本当に琉聖の気持ちに気づいていないのだ。気づかないふりなどではなく、ふざけているわけでもなく。

恋愛に興味がない、向いていないと言っていたが、多分それも冗談ではないのだろう。そもそも景は、ああいった席で場を盛り上げようと冗談を言うようなタイプではない。初体験の相手である女子大生の気持ちにも、未だ気づかずにいるに違いない。

恋愛は無理にするものではない。義務ではないし、しなければ死ぬという類《たぐい》のものではない。けど、興味がないとか向いていないとか、これからも一切する気はないと言われるとそれもどうかと思ってしまう。

「淋しくないのかねぇ」

不意に口をついた台詞は、向かい風に押し戻されて悠月の頬を打つ。

――お前だろ、淋しいのは。

――いい加減、忘れてしまえ。

言いたいことを言って、白煙は闇に吸い込まれていった。

「うるせえよ」

悠月は夜空に向かって小さく舌打ちをする。

「俺は淋しくなんか……ない」

少なくとも、恋愛を否定するような男よりは。

都内の実家を出て、大学からほど近いマンションにひとり暮らしをしていると聞いている。彼のふた親が健在なのか、兄弟姉妹はいるのか、そういったことを悠月は何ひとつ知らない。

知っているのは、知り合いと呼べる人間が極端に少ないということだけだ。

周囲の人間の中で一番親しい琉聖ですら、景の初体験について何も聞かされてはいないようだった。もし知っていたなら、先週飲み会の席で彼が『童貞ではない』発言をかました時、あれほどあからさまに驚きはしない。

景は一体いつからあの独特なスタンスで生きているのだろう。

女子大生のおっぱいで窒息しかけたトラウマかとも考えたが、その時点ですでに景の態度は冷め切っていたのだから、もし彼の人格形成に重大な影響を及ぼす何かがあったとすればそれより以前ということになる。

『そもそも愛だとか恋だとかいう形のないものを信じようとすることに無理があるのだと、気づいていない人間が多すぎる』

景の涼しい声が脳裏に蘇《よみがえ》る。

「形がないからこそ、ついつい信じたくなるんだけどな、俺なんかは」

幼い子どもならともかく、三十歳過ぎた大人のことだ。特に現状に不満があるわけでもなさそうだし、淋しいなら自分でなんとかするだろう。

景は悠月にとって優秀な鑑定医であり、申し分ない上司なのだからなんの問題もない。

――ただ……。

ただ、何なのだろう、うまく言葉にできないもやもやしたものを感じる。

吐き出しそこねた煙の粒子が肺の奥にこびりついているような、どうにもすっきりしない感覚だった。

2

予定は未定であって決定ではない。早朝の電話は予想どおり血も涙もない招集命令で、悠月は眠い目を擦《こす》りながら大学へと車を走らせた。

遺体は六十八歳の女性。自宅の寝室で首を吊っているのを、結婚して隣県に嫁いだ長女が発見した。ここ数日連絡が取れないことを不審に思い、昨夜遅く実家を訪れ、母親の変わり果てた姿に遭遇。死後三日と推定された。

直接の死因は『窒息』。原因は『縊頸《いっけい》』。

長女が訪れた際、九十一歳になる女性の母親がキッチンの冷蔵庫を開け放ち、生野菜を食い散らかしていたという。痴呆《ちほう》が進行した母親の介護に疲れ果てた末の自殺。隣室で娘が命を絶っていることに、母親は気づいていないようだった。

「お婆《ばあ》ちゃん、もう三年以上前からお母さんの顔もわからなくなっていて……私がもう少し母を気にかけていてあげたら、こんなことにはならなかったのに」

解剖後、遺族控え室で嗚咽《おえつ》を漏らした長女の姿に、悠月の胸は痛んだ。

こんな時、かける言葉を悠月は知らない。

そういえばカルビの礼がまだだったことを思い出し、今夜久々に実家の両親に電話でもしてみようと思いながら、階上の休憩室へ向かおうとした時だ。

「どうしてそこまで先生に管理されなくちゃいけないんですか。いい加減にしてください」

階段の踊り場から、聞き覚えのある声が降ってきた。

――――げっ、阿部先生。

今、一番会いたくない男だった。

「誕生日プレゼントくらい、ただの友だちにだって渡すでしょう」

「ただの友だちに腕時計ですか。随分と景気がいいんですね、阿部先生」

そして会話の相手はやはり石上。

朝っぱらからひどく険悪なふたりの声に、悠月は思わず足を止め、耳を欹《そばだ》てた。

「ねえ石上先生、いい加減こんなくだらないことよしましょうよ。小学生じゃあるまいし、勝手に贈り物をするなとか、夜にふたりきりで会うなとか、バカバカしい」

「今さら何を言うんだ。あの時『それは素晴らしい考えですね〜〜〜』とふたつ返事で私の提案を承諾したのは誰だったかな」

「あ、あの時は石上先生が『私と檜垣教授は旧友でしてね』とか言うから、つい」

「つい？　ついね、ほう……それはつまり、助教の座に目が眩《くら》んだだけ、ということかな。ポストを手に入れた途端、態度を変えるというわけだ」

「お、脅しているんですか」

琉聖の声がわずかに上擦る。

「脅しとは心外な。単なる意思確認だよ、阿部先生。私にとって姫谷くんがどれほど大切な存在かは、これまでも何度となく話してきたはずだ。追い払っても追い払っても、後から後から湧《わ》いてくる害虫たちを、姫谷くんに近づけないように私がどれほど神経を使っているか、きみが一番よく知っているはずだろう」

「害虫ね。で、その害虫の中には当然俺も？」

「当たり前だ。きみが筆頭だ」

ストレートに返され、さすがの琉聖も押し黙る。

「穢《けが》れた欲望から姫谷くんを守るために、ある時は身体を張り、ある時は金にものを言わせて戦ってきた。一番の危険人物であるきみを、本来なら真っ先に排除したいところなんだが……」

「あいつには、俺以外に友だちと呼べる人間はいませんからね」

「うむ。だからこそ不本意ながらも最低限の接触は認めることにしたんだ。その上さらに、きみを助教に推すよう檜垣先生に話をつけた。彼の十年来の友人ということに敬意を表したつもりだが、不満だったかな？」

「そ、それは」

「きみは同期の誰よりも早く助教になるという夢を叶えた。その代わりに私の目の前から姫谷くんを自由にかっさらう権利を、ある意味放棄したんだ。そこんとこ重要だからね。忘れてもらっちゃ困る。私より先にプレゼントを渡すなど、言語道断だ」

「し、しかし」

「何も姫谷くんと会うなと言っているわけじゃない。必要以上に親密になるなと言っているだけだ。そんな簡単な約束がなぜ守れないんだ」

「でも」

「でも、何だね」

ぐぅと押し黙った後、琉聖はたいそう不服そうに「いえ、別に」と短く答えた。

話の輪郭が、少しだけ見えてきた。

景への恋心を自制することを条件に、琉聖は石上から「助教に一番乗り」という餌《えさ》を与えられた。餌の魅力に〝つい〟食いついてしまったものの結局思いを断ち切ることはできず、景の周りをうろうろする日々を送っている。誕生日のプレゼントまで監視するのはやり過ぎな気もするが、餌を食べてしまった琉聖に反論の余地はないのだろう。

景という人物を深く知るにつけ、ある種の危なっかしさを覚えることは確かだが、石上のしていることはまるで思春期の女の子を持つ心配性の父親のようだ。悠月の知る限りにおいて、景を見つめる彼の瞳にセクシャルな色が浮かぶことはないが、果たして本当にそうなのか。気づかないのは自分だけということはないだろうか。

「石上先生、本当は先生、バイなんじゃないですか？」

悠月の疑問を代弁するかのように、琉聖が質問をぶつけた。

「バイ？　バイとは、バイセクシャルのことかな？」

「そうです。奥さんがいるからって、景を好きにならないとは言いきれないでしょう」

悠月は固唾を呑んで石上の返答を待った。

「残念ながらきみの推測は甚《はなは》だしく見当違いだ。私は二十五年間、妻ひと筋。来年の銀婚式の打ち合わせもあって、普段以上にラブラブだよ」

「じゃあどうしてそこまで景に思い入れているんですか。まるであいつの保護者か何かみたいに」

「その質問に答えるつもりはない」

「石上先生！」

苛ついた琉聖の叫びをさらりとかわし、石上はのらりくらりと話をそらす。

「ところで阿部先生、タグホイヤーとはまたずいぶん奮発したようだが、姫谷くんは最近ダイビングでも始めたのかな？　そんな話は聞いていないけれど……おっと失礼、きみもタグホイヤーなのか。お揃《そろ》いにしたかったというわけだ」

「い、いいじゃないですか別に」

「悪いとは言っていない。ただ自分の趣味を押しつけるなんて、きみもまだまだ若いなあと思ってね」

カッチーンという音が聞こえた気がした。

「そういう石上先生だって、フランク・ミュラーなんてえらくリキ入ってるじゃないですか。高かったんじゃないですか？」

「いやいやたいしたことはない。姫谷くんにはね、落ち着いたデザインの方が似合う。本当はカルティエかブルガリにしようと思ったんだけれど、あまり高価な品だと姫谷くんが遠慮するんじゃないかと思ってね」

フランク・ミュラーは、普通の感覚を持った人間なら充分遠慮するブランドだ。

ふたりが景の誕生日プレゼントに時計を選んだ理由に、悠月は心当たりがあった。先日のカラオケの席で景が何気なく『昨日、腕時計が壊れてしまってね』と口にしたのだ。ふたりはその台詞を、アメリカ軍並みのレーダーでキャッチしたのだろう。

「そもそも誕生日プレゼントは、例外として認めるっていう話だったじゃないですか」

「姫谷くんの誕生日は五日後だ。今日ではない。どうしても贈りたいのなら五日後の午前零時以降に渡しなさい。ただし、夜が明けてからだぞ」

「だから、それがくだらないと言っているんです！」

「くだらない取り引きに応じたのは誰なんだね」

「こんなくだらないことになるとは思っていなかったんです！」

「どんなにくだらなかろうと、約束は約束だ。死ぬまで守ってもらうから、そのつもりでいなさい！」

「石上先生！」

――――ばっかばかしい。

これが本当に医学部の教授と助教の会話なのだろうか。今どき、中学生でも、いや小学生だってそんな約束などしない。悠月はあまりのくだらなさに脱力しながら、階段に背を向け歩き出した。階段を通れないので仕方なくエレベーターを使うつもりだった。

ところが。

「じゃあお伺いしますけど、最近上空を怪しいトンビが旋回しているのをご存じですか」

琉聖の意味深な言葉に、悠月の足がふたたび止まる。

「……何？」

「ははーん。その様子じゃ、まだ何もご存じないようですね」

「どういうことだ。はっきりと言いなさい、阿部先生」

「このままじゃ俺たちの大事な油揚げを、かっさらわれるかもしれないってことです」

「きみのほかに、姫谷くんを狙《ねら》っているヤツがいるとでも言いたいのか」

悠月の背中を、冷たい汗がつーっと伝った。

「今朝の解剖、どうして景を呼ばなかったんです？　連絡しなかったんですか」

「いや……朝一で岸川くんが連絡したんだが自宅は不在で、携帯の方も何度コールしても出なかったそうだ」

「へえ、出なかったんですか。ふーん」

悠月は思わず、その場で頭を抱えそうになる。

実は昨夜、ソファーに横たわったまま景は朝まで目を覚まさなかった。声をかけようかどうしようかさんざ迷ったが、あまりに熟睡しているので起こすのも気の毒かと思い、そのまま寝かせておいた。

出がけに声をかけた悠月に、景は寝ぼけ声でこう答えたのだ。

『ぼくには呼び出しは来ていないからもう少し寝てる。きみだけ先に行ってくれ』

だから悠月は景に自宅の鍵を預け、ひとりで家を出たというのに。

――電源切ってたのか……。

軽い目眩《めまい》を覚え、傍らの壁に力なくもたれかかる。

「姫谷くんは、昨夜誰かと一緒だったのか」

「さあ、俺に聞かれても困ります」

「お、男か？　それとも女か？　私の知っている人間か知らない人間か、どっちだ」

「さぁてね、どうなんでしょう」

琉聖の声色《こわいろ》が、いつもの傲然《ごうぜん》とした余裕を取り戻した。

「ま、知らない方がいいこともあるんじゃないですか、石上先生。ちなみにさっき、ほんの三十分ほど前に携帯にかけたら、やっと出ましたよ。『今起きたところなんだが、歯ブラシがなくて困っている』とか、言ってました」

「なんだとっ！　姫谷くんは昨夜誰のところに泊まったんだ。知っているなら勿体《もったい》つけていないでさっさと教えなさい」

――教えないでください！

悠月は見えない琉聖に向かって、両手を合わせる。

琉聖を完全に敵に回してしまった上に、石上にまで睨《にら》まれてはたまったものではない。院生の分際で教授に恨まれたりしたら、それこそお先真っ暗だ。

「あんまり興奮しないでください、石上先生。ただでさえ最近血圧が高めだっておっしゃってたじゃないですか。俺と違って、もう〝若い〟わけじゃないんですからね」

「くっ……」

今度は石上が歯噛みする番だった。

どうやら琉聖は、石上に昨夜の一件を暴露するつもりはないらしく「ではそろそろ失礼します」と勝ち誇ったように言いながら、トントンと調子よく階段を上っていった。

その音にホッと胸をなで下ろしたのも束《つか》の間《ま》。

「琉聖」

突如上階から降ってきた声に、悠月は再びムンクの叫び状態のまま石像と化す。

「おお、景。今来たのか」

「一度着替えに家へ戻ったものだから遅くなった……あ、石上先生おはようございます」

「おはようございますじゃないだろう、姫谷くん。どうして電話に出なかったんだ」

それはまさに、門限を破った嫁入り前の娘を強く叱れない父親の声だった。究極に腹立たしいはずなのに、嫌われたくない気持ちが先に立っている。

「申し訳ありませんでした。昨夜は携帯をマナーモードにしたまま上着のポケットに入れていたので、連絡を頂いていたことに気づくのが遅くなってしまいました。今後充分に気をつけようと…」

「そんなことはいいんだよ。今朝の解剖は私の執刀で無事に済んだ。それよりもきみは昨夜、一体どこにいたんだ。自宅の電話にも出なかったそうじゃないか」

「昨夜は天見くんのところに泊まっていました」

「あ、ああっ、天見くんのところか。天見くんだとぉ～っ！」

とぉ～っ！　で石上の声が完全に裏返った。

――――あぁぁぁぁ……オワッタ。

神も仏もありはしないと、悠月は天井を仰ぐ。

「な、なんで、どうしてきみが天見くんのところに」

「彼の実家から送られてきたというカルビをご馳走になったんです。それで満腹のあまりいつの間にかソファーで眠ってしまったらしくて、目が覚めたら朝で、天見くんはすでに出かけた後でした」

「ソ、ソファーで寝たんだな？　ベッドではないんだな？」

「天見の野郎は朝まで別の部屋だったんだな？　お前は朝までひとりだったんだな？」

「ず、ずっとひとりで寝ていたんだな？」

もはや恥も外聞もないらしく、ふたりはそれぞれ矢継ぎ早に尋問を繰り出す。

「天見くんがどこで寝たかまでは知りません。起きたらいなかったんですから。それにしても……」

「そ、それにしても？」

教授と助教の、麗しきユニゾンが響く。

「ぼくは普段どちらかというと寝付きが悪いんですけれど、昨夜は珍しくあっという間に熟睡してしまったようなんです。天見くんの家のソファーは見るからにチープな感じで、寝心地もあまりいいとは言えなかったのに、なぜかぐっすりと眠れたんです。どうしてだろう、実に不思議なソファー……あ、そうだ、天見くんに鍵を返さないと」

ソファーは近所のリサイクルショップで手に入れた物で、値段のワリに座り心地は悪くないと思っている。朝までそこで眠ることを考慮に入れて買ったわけではないのだから、寝心地について言及されても困る。

「では、ぼくはこれで」

「お、おい姫谷くん、まだ話が……」

「景、ちょっと待て！」

話なら後にしてください、と言いながら景が階段を駆け下りてくる。

悠月はあわあわと身を翻すと、廊下の外れにあるトイレへと急いで駆け込んだ。


昨夜あれほど肉を食べたというのに。

テーブルに置かれたハンバーグセットに、悠月は呆《あき》れ、そして苦笑する。

「また肉ですか」

「ん？　……あぁ」

景とふたりで遅い昼食に出たのは、午後二時を少し回った頃だった。

シャワーの後、石上と顔を合わせたくなくて図書室へ逃げ込んだ。予想通り昼過ぎに麻衣がやってきて、石上が自分を捜していると言ったが、昼食に出たと言ってくれと頼んだ。図書室を出たところで、景とばったり出くわしたのだ。

キャンパスの裏通りにあるこの店は、初老のマスターの淹《い》れるコーヒーが実に美味くて、悠月は週に二度ほどの割で訪れている。カフェと言うよりはひと昔前の喫茶店の趣だろうか。

昼時には近所の学生やサラリーマン向けに、ちょっとしたランチも出している。

数年前近所にチェーン店のカフェができ、煽《あお》りを食らって一旦は閉店したのだが、昨年の夏に自分が経営を引き継いだのだと、以前マスターが別の客に話しているのを聞いた。

『素人《しろうと》なんですよ。下手《へた》の横好きで』

そんなふうに謙遜《けんそん》していたが、なかなかどうしてエプロン姿も様になっている。

昼食はほとんどコンビニのおにぎりか菓子パンで済ませている景だが、どうしたことか今日は珍しく悠月の誘いに応じ、初めてこのカフェに来た。

昨夜軽く五人前ほどの肉を胃に収めた悠月は、さすがにこってりしたものを食べる気にはならずミックスサンドを頼んだ。ところが景の方はというと、席に着くなりあろうことかデミグラスハンバーグセットを注文したのだ。

「姫谷先生って食えば食える人なんですね。てか、前からそんなに好きでしたっけ、肉」

三角形の角をかじる悠月を、景はちらりと一瞥する。

「正直、昨日の日中まではそれほど好きじゃなかった。肉なんて半年や一年食べなくても平気だし、それに脂っこい肉はどちらかというと……」

「苦手？」

「苦手というか……」

言い淀む口元を、揺れる湯気越しにじっと見つめる。

おそらく無意識なのだろう、景は下唇を軽く嚙み締めながら言葉を探していた。

何かをじっくり考える時の彼の癖だ。

「積極的に食べたいと思ったことがなかった」

「なんだ、それならそうと言ってくれればよかったのに。嫌いじゃないって言うから昨日、俺……」

「だから、嫌いだとは言っていない」

食べたいと思わないというのと、嫌いというのはどこか違うのだろうか。

大分慣れてきたとはいえ、景の理論にはやはり時々ついていけないものを感じる。

「昨日きみに誘われた時、ぼくはすぐに『行く』と返事をした。けどそれは、肉が食べたかったからじゃない。ぼくは肉に興味はないし、そもそものを食べるという行為自体にあまり関心がない。食事のメニューなんてどうだっていいし、餓死しなければそれでいいとしか思っていなかった」

じゃあなぜ誘いに乗ったのかと思ったが、とりあえず黙って景の話に耳を傾ける。

「けど、昨夜きみのところでご馳走になったカルビは、ぼくの知っているカルビとは何かが違った。とても美味しくて、いくらでも食べられそうだった」

「そんな大した肉じゃないですよ。桐箱とかに入ってたわけじゃないし、冷凍だし」

ごく普通のサラリーマン家庭で育った悠月は、二十六年間〝質より量〟で生きてきた。母親も母親で、息子のそんな哀しいポリシーをよく理解している。

「先生、早く食べないと冷めますよ」

会話の合間にパクパクとサンドイッチを頬張る悠月に対し、景は皿の上のハンバーグをフォークで突《つつ》くばかりで一向に食べ始める気配がない。

「やっぱりそうか」

「……え？」

「やっぱり昨夜のあれは一過性の食欲だったんだ。夜明けとともに魔法が解けてしまった」

深いため息とともに、景はとうとうフォークを置いてしまった。

付け合わせのピクルスを囓《かじ》りながら悠月は、向かい側で眉間《みけん》に皺を寄せる美丈夫に「やっぱりね」と深いため息を落とす。

「昨日カルビが美味しかったから、また食べたくなって肉系を頼んではみたものの、やっぱり食えないってことですか」

「そういうことだ」

「魔法が解けたというか、単に胃がもたれているだけなんじゃ？」

「それもあるかもしれない。悪いんだけど天見くん、食べてくれないか、このハンバーグ」

「…………」

「無理ならいい。テイクアウトが可能かどうか、今、店の人に……」

「いいです。食いますよ。頑張れば食えますから」

景の前からやや乱暴に皿を引き寄せ、やけくそ気味に食べ始める。

景は「すまないね」と、あまりすまなくもなさそうな口調で言った。

「サラダも食べていい。遠慮なく」

「……………」

まったく腹がたたないと言ったらうそになる。景は時として非常にわがままで、自己中心的な行動をとる。彼には彼なりの理屈があってそうしているとしても、傍《はた》迷惑であることには違いない。悠月だって食欲がないからこそ、サンドイッチにしたのだ。

「怒っているのか」

無言でかっ食らう悠月の前で、景は悠然とコーヒーを啜《すす》っている。

こんな理不尽な状況に笑顔でいられるほど、悠月は大人ではない。

「ええ。ちょっと」

「悪いね」

悪いと思うなら最初からよく考えて頼めと言いたかったが、辛うじて堪《こら》えた。

かなりの変人であることは否めないが、悠月は景の解剖医としての眼力や腕を、心から尊敬しているし憧れてもいる。それはフォークで突き回したハンバーグを押しつけられたくらいで揺らぐような軽い思いではない。

「そういえば姫谷先生、もうすぐお誕生日だそうですね」

悠月はちょっと迷ったが、思い切って切り出してみた。

「なんだ、いきなり」

景は訝しげに眉を顰める。

「あれ、違いましたっけ」

「いや、違わないが、別にどうでもいいことだ」

「どうでもいいって……」

「いつもすっかり忘れているんだ。誰かからおめでとうと言われて、そういえばそうだったと気づく。そしてすぐにまた忘れる。毎年のことだ」

悠月は四分の三ほどたいらげたところで、ナイフとフォークをテーブルに置いた。

無理しても、さすがにこれ以上は入らない。

「それは、ちょっと心配です」

「え？」

「自分の誕生日を忘れちゃうなんて、俺にはちょっと考えられない。家族が死んだとか仕事が忙しくて発狂しそうとか、そういうのっぴきならない事情でうっかり忘れる年もあるかもしれませんけど、毎年忘れるってそれ、年寄りだけの特権ですよ」

「そうなのか」

「今年も誕生日プレゼントをもらって、やっと思い出したってわけですね。石上先生と阿部先生から」

　ふたりの名前に、景は訝しげに目を細める。

「どうしてそれを」

「すみません。さっき階段で話しているのを偶然聞いちゃって」

　景は、そっかと呟き小さく頷いた。

「実はぼくもさっき更衣室に入って気づいた。バースデーカード付きのプレゼントがふたつロッカーの前に並んでいて、ああそういえば今年も間もなく誕生日だったなと。ふたりには毎年『プレゼントはいらない、そんなにお金を使わないで欲しい』とお願いしているんだが、ふたりとも『勝手にしていることだから気にするな』と言う」

　強引な贈り物は、時に迷惑なものだ。けれど何年にも亘って行事化しているところをみると、景の断り方にも問題があるのかもしれない。

「どっちを使うつもりなんですか」

「どっちというのは？」

「時計ですよ。石上先生からのか、阿部先生からのか」

　興味本位と取られても仕方ない質問をあえてぶつけてみる。

　すると案の定景の顔には、なぜきみがそんなことを訊《き》くのかという困惑の色がありありと浮かんだ。

「使うつもりはない。どちらも永遠にロッカーの中だ」

「どうして。もったいないじゃないですか」

「今までもそうしてきた。ぼくのロッカーの中は、ここ数年分のふたりからのプレゼントでいっぱいだ。処分するわけにもいかないし、返そうとしても受け取らないと言われる。正直困っている」

「使えばいいじゃないですか」

考えてみれば腕時計は複数持っていたからといって邪魔になるものではない。鳩時計ではないのだから、シーンに合わせて使い分ければいいのだ。

「姫谷先生、腕時計が壊れたって言っていましたよね」

「ああ……壊れたと思ったんだけど違った。電池を交換したら元どおり動くようになった。腕時計なんてひとつあればいい」

「でも……」

「ぼくの誕生日プレゼントのことを、なぜきみがそこまで気にするんだ」

「それは……」

尚《なお》も食い下がろうとする悠月に、景の表情は次第に苛立ちの色を帯びていく。

気まずい空気が流れた。

「そろそろ時間だ。戻ろう」

「……はい」

納得のいかないまま悠月は立ち上がり、景の後についてレジに向かった。

午後の店内はガラガラで、自分たち以外に客はいない。

アルバイトらしきウエイトレスの「ありがとうございました」の声に送られて自動ドアを出ると、誰かに背中をポンとひとつ叩かれた。

驚いて振り返ると、店のマスターだった。

「これ、先に出て行かれたお連れの方のでしょ。財布を出すときポケットから落ちたみたいですよ」

「……あ」

すっと手渡されたそれは、景の自転車の鍵だった。小さなキーホルダーに見覚えがある。

「そうです。すみません、わざわざありがとうございます」

悠月は恐縮し、軽く頭を下げた。

「あの」

「はい」

鍵を渡した後も、マスターはまだ何か言いたげだった。

「あの、お連れの方は、うちのランチがあまりお気に召さなかったんでしょうか」

「……あ」

悠月は内心、しまったと臍を噛んだ。突き回したハンバーグを自分に押しつけた景の様子は、マスターから丸見えだったのだろう。

「すみません、そうじゃないんです。彼がお腹いっぱいだというのに私が『美味しいから食べてみろ』と無理に勧めたんです。最初から俺が半分もらうつもりで」

咄嗟の言い訳としては悪くない。

マスターはすっかり信じたように「そうだったんですか」と笑顔を見せた。

「本当にすみません。前にいただいた時すごく美味しくて、それで彼にも無理矢理。今度またあらためて注文するって言っていました」

「よかった。初めてのお客さんに嫌われてしまったのかと、ちょっと心配になったものですから。こちらこそいきなり不躾《ぶしつけ》なこと言ってしまって、申し訳ありませんでした」

「そんなこと」

「またいらっしゃってくださいね」

「はい、もちろんです」

ありがとうございましたと丁寧に一礼し、マスターは店の中に戻った。

あまり明るくはない店内で、彼はいつも俯《うつむ》き加減に黙々とコーヒーを淹れている。顔をはっきり見たのは、これが初めてのことだった。

苦い気持ちを噛みしめる間にも、当の景はひとりでどんどん先に行ってしまう。悠月は仕方なく小走りで後を追い、カフェから大学の裏門までの道のりの途中でようやく少しいかった背中に追いついた。

「姫谷先生、これ」

「……ん？」

「自転車の鍵。さっきレジのところで落としたみたいです」

「ぼくのなのか」

「え？」

悠月は耳を疑った。

「だって、このキーホルダー、先生のですよね」

「そうだったかな」

景はズボンのポケットをまさぐり、何も入っていないことを確認する。

「本当だ。入ってない。ぼくのだ。ありがとう」

「先生……」

景は自転車で通っている。だから鍵にはほぼ毎日触れているはずだ。なのにどんなキーホルダーなのか覚えていない。ごくたまに目にするだけの自分でさえ、なんとなく記憶の隅に残っていたというのに。

「自分のキーホルダーを覚えていないんですか」

「鍵なんて、ポケットに入っているか自転車に刺さっているか、どちらかなんだから覚える必要もないだろう。落としたのはたまたまだ」

悠月は思わず眉根を寄せる。それではキーホルダーを付けている意味がまったくない。

「マスターが拾ってくれたんですよ」

「そう……今度行った時、お礼を言うよ」

「そうですね。そうしてください」

会話はそこでぷっつりと途切れてしまう。

マスターとのやり取りをよほど聞かせてやろうかと思ったが、マスターがそれを望んでいないような気がして、すんでのところで思い止《とど》まった。

微妙な距離を保ちながら、ふたりは歩く。

古びた鉄製の門扉が見えてくる頃には、イライラは少しだけ収まり、誕生日の話題を振ったことへの後悔の方が大きくなっていた。確かに自分が気にかけるようなことではない。誕生日にもらったものを景がどうしようと、第三者の悠月にはなんの関係もないことなのだから。

上着を着てこなかったから少し寒いのだろう、景は背中を丸め、足を速めた。

悠月は無言でそれを追う。

「姫谷先生」

門を入ったところで、悠月は意を決して声をかけた。

「あの、すみませんでした」

「……なんのことだ」

「俺、余計なことを言い過ぎました」

秋の空は変わりやすい。

目に滲《し》みるほどの青空が、どこから流れてきたのかいつの間にか分厚い雲に覆われている。

不意に、景の足が止まった。

「興味がないんだ」

「……え」

「ぼくは、自分という人間に、興味がない」

景がおもむろにこちらを振り返る。自信に満ちあふれた普段の表情は影を潜め、口元には彼らしからぬ自嘲《じちょう》めいた色が浮かんでいた。

「もうずっと、記憶もないほど幼い頃からだ。今さら自分を変えるつもりはないし、おそらくそうたやすく変わることはできないだろう」

いつもの早口を封印し、ゆっくりと、何かを確かめるように話す。

そんな景を、悠月はじっと見据えた。

「自分が、嫌いなんですか」

「嫌いというよりも、興味がない。持てない」

「………」

悠月はその言葉を、おそらく心のどこかで予想していた。

そうなんじゃないかと、そして、そうでなければいいのにと。

自分自身に興味が持てない。ある意味それは、自分を嫌うよりマズイ。

思えば景は、そういう自身にいつも正直だった。仕事に関してはどこまでも真剣で、手を抜くということを一切しないのに、食事はいつもいい加減で髪がはねていてもボタンをかけ違えていても気づかない。

自分に寄せられる好意に対しても、ありえないほど鈍感だ。他人が自分をどう思っているかを気に留めないからこそ、時として周囲の度肝を抜くような爆弾発言をかましてしまうのだ。悪意がないので敵を作ることはないが、辛《つら》い時に心を添わすことのできる親しい関係を築くこともできない。

仕事以外のことに興味がないというより、仕事だけはきちんとやるからあとは放っておいてくれと言わんばかりのスタンスだ。

「何を考えているのかわからないとか、友だちがいのない男だとか、冷たいとか自分勝手だとか、そういう評価も当然だと思っている」

「…………」

多分、幼い頃からずっとそんなふうに言われ続けてきたのだろう。

景は肩を竦め、ふっと小さく笑った。

「実際自分でも、そう思うからね」

淋しくないんですか。辛くないんですか。尋ねようとして、悠月は逡巡《しゅんじゅん》する。景が自分自身について「興味がない」と言っている限り、あまり意味のある問いかけではない。

ふたりの足下を、気の早い落ち葉がかさこそと遠慮がちに掠《かす》めてゆく。

「苦手」と「興味がない」がそこいら中にちりばめられた、窮屈な暮らし。どうにかしてやりたいのに、どうにもしてやれない。切なすぎるもどかしさが、悠月の胸を掻《か》き乱した。

もしも景が女なら、多分悠月はこの場で抱き締めている。そんなこと言うなよと、髪を撫でて優しいキスのひとつも落とすところなのだけれど、残念なことに景は自分と同じ男だ。しかも目には見えない、恐ろしく厚く高い壁の向こうにいる。

触れたくても触れられない。そう考えて、ぎょっとする。

――俺は、今何を考えた……？

ほんの一瞬、脳裏を過《よぎ》った妄想。そのリアルさにうろたえた。

「悪かった。こんなつまらない話をして」

「…………」

「行こう」

悠月の無言を不愉快だというアピールだと取ったらしく、景はひらりと身を翻すとふたたび歩き出した。

「ちょ、ちょっと待ってください」

悠月はぐんぐん離れていく背中を小走りで追い、基礎研究棟の裏手で横に並んだ。

「ちっとも悪くないです。つまらなくもない。むしろ嬉しいです。今まで先生に誰がどんなこと言ったのか知りませんけど、俺は姫谷先生のこと好きですよ」

「…………」

景はチラリと視線をよこしたが、歩調を弛《ゆる》めようとはしなかった。

「うそじゃないです。本当に俺、先生のこと尊敬してるし、憧れてるし」

「憧れや尊敬は、好きや嫌いとは関係ない」

「そうかな。少なくとも俺にとっては関係ありますよ。嫌いな人を尊敬なんてできない。先生は俺のことが嫌いなんですか」

「そういう話じゃないだろ」

「そういう話ですって！」

すれ違う学生たちが、何ごとかと振り返る。

それでも悠月は景の斜め後ろを、背後霊のように張り付いたまま歩いた。

「要するに何が言いたいんだ。きみの話は、難しすぎてさっぱり理解できない」

「理解できないというのが俺には理解できません！　てか先生、止まってください。歩きながらだと話しづら――うわっ」

景がピタッと足を止めた。

慣性の法則により、悠月は彼の背中に激突する。

「痛いじゃないか。気をつけてくれよ」

「すみません……先生が急に止まるから」

「きみが止まれと言ったんだろ！」

キッと自分を睨み上げる景の瞳に、悠月の心はぐらんと大きく揺れた。

半年間ずっと一緒に仕事をしてきて、初めて見る強烈な瞳だった。

なんてきれいな目をしているのだろう。そう感じたのは、おそらく悠月の本能だ。

この人を放っておいてはいけないと、心の深い部分が叫んでいた。

射るような視線の奥には、強い拒絶と、同じくらい強い不安が見え隠れする。これ以上入ってくるな、構ってくれるなと必死に訴えているような気がして、悠月はたまらない気持ちになる。

「きみの部屋で、きみと向かい合って食事をして、確かに楽しかった。あんなに楽しかったのはいつ以来だったか思い出せないくらいだ。あんなにぐっすり眠ったのも、本当に久しぶりのことだったし」

悠月の顔を睨みつけながら、景は拳《こぶし》を握りしめる。

「けど……どうしてだろう、あれから時々、胸のあたりがざわざわと落ち着かなくなる。きみが嫌いなわけでも、顔を見たくないわけでもないのに、わけがわからないくらい不安になるんだ」

吐き出すようにそう言うと、景はようやく悠月から視線を外した。

「今まで、自分に興味が持てないことで、不便だったり不満だったりしたことはない。これからもずっとそうやって生きていくつもりだったのに、きみといると、なぜだかそれじゃいけない気がしてくる。それはとても……困る」

「……先生」

子どもの頃、触ってはいけないと言われたものほど触りたくなった。

行ってはいけないと言われた場所ほど行きたくなった。

叱られるとわかっていても高いところには上りたくなるし、危険が増すほどドキドキした。

後ろめたさは、いつだって蜜《みつ》の味で。

来るとアブナイよ、来ない方がいいよ——景の瞳が、妖《あや》しく手招きしている。

「姫谷先生」

「なんだ」

「先生は自分に興味がないって言うけど、俺はあなたにすっごく興味あるんですよね」

「……えっ」

「ねぇ先生。たまには常軌を逸してみませんか。俺、先生をもっと困らせたい」

驚きに見開かれた両の瞳は、やはり世界にただひとつの宝石のように美しい。

「来てください」

「ちょっ、と待て、戻らないと石上先生が……」

「何かあったら携帯が鳴るでしょ」

「けど……」

「いいから一緒に来て」

「あ、天見くんっ」

悠月は戸惑う景の腕を強引に引き、戻るべき基礎研究棟とは反対の方向に向かって歩き出した。

相手を思うあまりもしくは相手から思われたいと願うあまり、人は時として常軌を逸した行動に出る。そもそも愛だとか恋だとかいう形のないものを信じようとすることに無理があるのだと気づいていない人間が多すぎる――それが景の持論だ。

確かにそうなのかもしれない。

けれど、無理が通れば道理が引っ込むというのもまた、ひとつの真実だと悠月は思う。

常軌を逸することは悪なのか。

そもそもどこからどこまでが常軌だと言うのか。

「……んっ……ん」

基礎研究棟とは反対の外れに、駐車場へと続くうねった小道がある。その両側は雑木林になっていて、いくつかの東屋《あずまや》が点在している。

悠月はその東屋のひとつに景を連れ込んだ。

据え付けられた木製のベンチになぎ倒すように座らせると、ものも言わず、言わせず、強く唇を押しつけた。

「ん……くっ……」

景は細い身体を必死に捩《よじ》り、腕を振り回して抵抗するが、いかんせん体格差がありすぎる。十センチの身長差はともかくとして、十五キロ近く違う体重で押さえ込まれては身動きもできない。

「やめ……ろ……んっ、ふ」

腕力でも圧倒的に勝る悠月は、景のなけなしの抵抗を封じ込め、口蓋《こうがい》深く舌を差し込んだ。

「んんっ、……っく……ん」

上顎《じょうがく》の奥を舌先で舐め回すと、組み伏した身体から力が抜けた。

激しくばたつかせていた足が次第に動かなくなり、景はズルズルと背中を滑らせベンチに

その身を横たえる。

そこまで計算したわけではなかったが、東屋と一体化している背もたれに隠れたふたりの姿は、小道から完全に死角になっていた。駐車場からも距離がある。

「ね、気持ちいいでしょ、先生」

上気した顔を覗き込むと、ぎゅっと閉じていた目がうっすらと開く。涙に潤んだ漆黒の瞳は、怒りや戸惑いの色を放ちながらも、奥底には強烈な色気を孕《はら》んでいた。

「こういうこと、初めてなんですよね？」

高校時代の女子大生との一件が、唯一の性体験だと言っていた。景の説明では、その時彼女とキスはしていない。ということはつまり、キス未経験の可能性が高い。

「今まで誰かとキスしたこと、あるんですか」

「…………」

景はふいっと顔を逸らしたが、すかさず顎《あご》を摑んで正面を向かせた。

「ちゃんと答えてください」

「……い」

「聞こえない」

「……ない」

消え入りそうな声に、腹の底から湧き上がってくる強烈な征服欲。

どこか嗜虐《しぎゃく》的なそれは、悠月の背筋をざわざわと駆け上がる。

「じゃ、俺が初めてってことですね」

「…………」

「先生の心の中にはね、先生の知らない先生が住んでいるんです。姫谷景っていう人間は多分、先生が考えているよりもっとずっと魅力的なんです」

「なんだ……それは」

「先生はこの間、恋愛をする必要性を感じないって言いましたよね」

「い、言ったかな、そんなこと」

「言いました」

惚《とぼ》ける余裕はなさそうだから、本当に忘れてしまったのだろう。

「自分は恋愛や結婚には向いていないし、必要性も感じていない。みんなの前でそう言いました。でもね先生、恋って自分じゃ必要ないと思っていても、あっちから寄ってくるものなんですよ。気づかないうちに」

「……そ、なのか」

「隕石《いんせき》激突みたいな時もあれば、道端のガムみたいに知らないうちに靴の裏にへばりついていて、気づいたら取れなくなっていた、みたいな時もあります。どっちにしても避けることはほぼ不可能です」

「道端の……ガム」

「ええ。ガムです」

ガム……道端のガム、と景はブツブツ何度も繰り返した。

「わからなくてもいいです。頭で理解できなくても、身体で理解できることもある」

「さっきからきみが何を言っているのか、ぼくにはさっぱりわからない。一体きみはここでぼくをどうしようと――ック、んんっ」

うるさくなりそうなので、もう一度唇を塞《ふさ》いだ。

仕事中遺憾なく発揮されるところの、ずば抜けた判断力や解析力をひとまずオフにしなくてはならない。ピンクに染まった頬から顎のライン、皮膚の薄い首筋にまでキスを落としながら、悠月は景のスイッチを探った。

「感じた？」

うぶ毛の光る耳たぶを軽く嚙むと「あっ」という短い悲鳴が上がり、景の腰が跳ねた。

「や……めろ」

悠月は唇に薄い笑いを浮かべ、今度は耳の穴に舌をねじ込んだ。

「あっ、ふ、あぁっ……」

肩を震わせ、景は悠月のシャツを鷲づかみにする。

ゴクリと上下する白い喉元に、悠月はスイッチが切れたことを知った。

「すごい……めちゃめちゃエロい顔になってますよ、先生」

「み、耳……やっ」

耳は、かなりツボだったらしい。

しつこく舐めたり嚙んだりするうちに、景の吐息はどんどん艶を帯びていく。

全体に悠月の唾液を纏ったそこは、身体の一部ではない何か別の生き物のようにぬらぬらと光っていた。

「…んっ……は……ぁぁ」

呼吸が乱れ出す頃には、景の股間《こかん》は緩やかに勃《た》ち上がっていた。

わざと膝頭でズボンの上から軽く刺激すると、「アッ！」と短く鋭い悲鳴が上がった。

「なっ、なに、をっ」

「いいから目を瞑《つぶ》っててください。俺に任せて」

「や、なんっ」

「俺の手で、先生が知らない世界へ連れてってあげます」

「こ、断る……っ」

「ここまで来て、遠慮は無用です」

「あぁぁ……あっ……ん」

もう一度、耳の中へ舌を挿入する。くちゃくちゃと抜き挿《さ》しされるたび景は、ため息とも喘《あえ》ぎともつかないくぐもった声を上げた。

——なんか、すげぇヤバい声。

膝に当たるものが、みるみる硬さを増していく。

布越しに伝わる感触の卑猥《ひわい》さに、悠月は矢も盾もたまらず景のズボンのファスナーに指をかけた。

「あっ、天見くん！」

声を裏返らせて拒絶を訴えるが、聞き届けるつもりなど毛頭ない。

ここだと主張するものを手探りで導き出す。

開いたファスナーからふるんっと顔を出したそれは、三十歳を過ぎた成年男子のものとはとても思えない、無垢《むく》で清潔な色形をしていた。

「ここだけ見たら、中学生みたいですね、先生」

揶揄するように囁《ささや》きながら、ゆるゆると上下に扱く。

ピンクに割れた先端から透明な液が湧き、茎を伝って悠月の指を濡らした。

あまりに卑猥なその様に、思わず喉がゴクリと鳴った。

「咥《くわ》えてもいいですか」

「なっ、やめっ——あっ！」

承諾を待たず、悠月は景の中心を口内にすっぽりと収めた。

「や……ッ……あぁ」

景の細い腰が戦慄《おのの》く。

独特の早口で滔々《とうとう》と持論を披露する、日頃の彼からは想像もつかない淫靡《いんび》な姿に、いつしか悠月は我を忘れていた。

——男のここって、こんな味だったんだ。

半ば痺《しび》れた脳みそでぼんやりと考える。

よもや自分が他人のペニスを咥える日が来ようとは夢にも思っていなかったが、それより何よりこの行為に、かつてない強い興奮を覚えている自分に驚いた。

最後にセックスをしたのは、三年前のことだ。つまりこの三年、誰とも関係を持っていないことになる。時々自分の手で慰めてはいたが、もしかすると思ったより溜《た》まっていたのかもしれない。

お互いの欲求が満たされればいいのだと思える性質だったら、その場限りの愛のないセックスを楽しむことができたのかもしれないが、幸か不幸か悠月はそんなふうに割り切れる頭を持っていなかった。この人と決めた相手としか、セックスはしない。したくない。

けれど、どれほど真剣に誠意を持って抱いても、ある時するりと腕の間をすり抜けていく愛もある。とても淋しく哀しいことではあるけれど、悠月の心はいつしか諦念《ていねん》することを覚えてしまっていた。

そもそも「誠意を持って」――などと考えている時点で、もう終わっていたのかもしれない。誠意の欠片《かけら》もない行為に溺《おぼ》れながら、悠月は今ようやく悟った。

「あ……まみ、くっ……」

景の指が、悠月の髪をぐしゃりと摑む。

際がすぐそこまで来ていることを、不規則に乱れた呼吸が物語っていた。

「先生、もうダメ？」

「あぁぁ……っ、ふ」

悠月は硬く勃ち上がったものを口外に出すと、手で激しく擦りながら先端の割れ目に舌先をねじ込んだ。

その瞬間。

「――ヒッ、アァッ！」

景の先端から、どろりとした白濁が噴き出す。

「うぁっ」

避けるタイミングを逸した悠月は、片頬にその生温かい液体の直撃を受けた。

「あぁぁ……っい……ぁ……」

襲ってくる快楽の波に耐えるように、両目をきつく瞑って震える。吐精は信じられないほど長く続き、大量の白濁が景の白い下腹を汚した。

「すっげ……濃い」

「…………」

「もしかして、かなり溜まってました？」

「…………」

息を整えながら、景がゆっくり目蓋《まぶた》を開く。とりあえずティッシュを、とポケットに手を突っ込んだところで、景がおもむろに口を開いた。

「なんだ……それは」

「え？」

焦点の定まらない目で、景は虚ろに悠月の顔を見ている。

「なんだって、何がですか」

「きみの顔に付着しているもの……いっ、一体それはなんなんだ」

「なんだって、ザーメ……」

さすがにマズかろうと、悠月は呆れながらも軽く咳払《せきばら》いをして言い直す。

「精液でしょう、先生が今出した。まさかこの状況でしらばっくれるつもりじゃ……」

「精液？　ぼくの？」

景の瞳が、カッと見開かれた。ようやくフォーカスが合ったようだ。

「俺のじゃないですよ。だって俺はまだ……なんですから」

股間では、びんびんに張り詰めたものが「このままじゃ苦しいよぉ」と身悶《みもだ》えている。

この状態で平静を保つのは容易なことではないのだ。

「先生がイクって言ってくれないから、うっかり顔に。それにここにもこんなに」

悠月は景の下腹のそれを、指先で掬《すく》ってみせた。

「違う」

「あれ、イクって言いました？　聞こえなかったんですけど」

「違う。そんなはずはない」

「そんなはずないって、だって先生、今、俺の手で……」

「あり得ない」

「……先生？」

何やら話が食い違っているようだ。

その証拠に、景は悠月の目を見てはいなかった。

「ぼくの精液だなんて、そんなのうそだ」

「うそじゃないです。俺、先生の先っぽから出るところ、ちゃんと見ましたから」

悠月が断言すると、景はなぜか泣きそうな顔をして上半身を起こし、白濁で濡《ぬ》れた自分の股間に視線を落とした。

「ほらね、濡れてるでしょ」

「……んな、ことって」

悠月は、信じられないと首を振る景の手を取り、自分の頬に導く。

景は指先で己の放ったものを搦《から》め捕ると、放心したようにそれを見つめた。殴られても仕方がないほどフラチで無体なマネをしたというのに、目の前の悠月のことなどまるで眼中にないようだった。

「だったら自分で触ってみてください。ほら」

「…………」

言い方が少し意地悪だっただろうか。景はうな垂れ、小さく首を振った。

「ぼくの……精液」

「ええ。何度も言いますけど、間違いなく先生のです」

「…………」

自分の出したものなど、そそくさとティッシュで拭き取ってゴミ箱へポイするのが普通なのに、景はそれが珍しいものであるかのようにじーっと見つめた。

――そんなに久しぶりだったんだろうか。

そう考えて、悠月はハッとする。

「あの、違ってたらすみません。もしかして先生、イッたの生まれて初めて？」

もしかすると久しぶりなのではなく、初めてなのではないだろうか。

勇気を出して尋ねてみると、景は俯いたままコクリと頷いた。

やっぱり、という思いがズシリと胸に響く。

うそだ、信じられないと言った景の気持ちがようやくわかった。

と同時に心の片隅に無理矢理追いやって見ないふりをしていた罪悪感が、むくむくと首をもたげてきた。

「ごくたまに……夢精はある。けれどこんなふうに、覚醒した状態で射精をしたのは、生まれて初めてだ」

「……そうだったんですか」

「思春期には勃起したことも何度かあった。けれど射精に至ったことはない。高校の時あの女子大生にのしかかられてからは、勃起すらしなくなった」

勃起障害（ＥＤ）。世界中に、少なくない数の患者がいる病だ。

話を聞く限り、景の場合は外因性ではなく心因性のそれだと思われる。

「病院には、行ったんですか」

「……いや」

下半身の乱れをもぞもぞと不器用に整えながら、景は首を横に振った。

「とくに治療の必要を感じない。勃起しないことを不便に感じたことはないから」

「…………」

病院にかかるのに勇気がいる病気というのは、確かにある。

しかし景の理由はそれとは少し違っていた。

景には、とてつもなく淋しいことを言っているという自覚があるのだろうか。

聞いている悠月の方が、ひどく切ない胸の痛みを覚えてしまう。

「ところで天見くん」

「はい」

「ぼくは今、なぜ射精できたんだろう」

「……さぁ」

それはこっちが聞きたい。雰囲気もクソもない状況で、しかもある意味これは強姦《ごうかん》だ。人《ひと》気《け》のない場所に無理矢理連れ込み、有無を言わせずにイかせたのだから、結果オーライというわけにはいかない。

「困ったな」

景が呟いた。

「……すみません」

反射的に謝罪の言葉が口を突く。景を困らせたいという当初の願望はとりあえず叶ったものの、達成感や喜びとはほど遠い気分だった。

「本当に困った」

「…………」

「きみといると、どうにも落ち着かない」

「……はい」

「ペースが乱される」

「……すみません」

悠月はひたすらうな垂れた。

「来いと言われて、バカ正直に付いてきたぼくも悪いけど」

「…………」

「とにかくもう二度と、こういうことはやめて欲しい」

わかりましたと答える前に、景はくるりと踵《きびす》を返し、足早に去っていった。

「せんっ……」

引き留めようとして思いとどまる。

呼びとめたところで、一体何を話せばいいのか。

今さっきまで景が横たわっていたベンチに、ぺたんと腰を落とす。

「なにやってんだ、俺」

どうしようもない脱力感と後悔が、ぐるぐると胸に渦巻いた。

「でね、結局ずっとパリに滞在することにしたの」

「へぇ、そうなんですか」

「そりゃ一週間も十日もあるんなら、プロバンスなんかにも行ってみたいわよ。でもたった四日間じゃねぇ。パリ市内を回るだけで精一杯だし」

「へぇ、そうなんですか」

「彼、A型だから計画通り動きたい人なのよねぇ。行き当たりばったりっていうのができなくて——ちょっと天見くん！　人の話、聞いてるの？」

「へぇ、そう……あっ、はい、あの」

慌てて話を合わせようとしたが、時すでに遅し。

麻衣はぷーっと頬を膨らませ「やっぱり聞いてないし」とそっぽを向いてしまった。

「す、すみません、ちょっとぼんやりしてしまって」

「いいわよ別に。どうせ他人の新婚旅行の話なんて、楽しくないでしょうしねー」

「そういうつもりじゃ……ほんと、ごめんなさい」

まったくもう、と麻衣は肩を竦め、パックの牛乳をずずっと吸い上げた。

挙式と新婚旅行をひと月後に控えているのだから、話くらい聞いてやらないとと、頭ではわかっていたはずなのに。

昼時の休憩室。ちょっぴりへそを曲げてしまった麻衣を前に、悠月は頭を掻く。

「ホントに今日はみんな、どうかしているわよ」

「みんな？」

「うん。天見くんったら朝からぼけーっとしてるし、石上先生はなんだか珍しく落ち着きがないみたいだし、それに姫谷先生も」

石上が落ち着かない理由は、猛烈に思い当たった。

「姫谷先生も落ち着きないんですか？」

「ううん、そうじゃないんだけど、なんだかちょっと様子がおかしいのよ」

「おかしいって、どんなふうにですか」

昨日の一件から、景とは顔を合わせてない。

今日は今のところ司法解剖の予定は入っていないので、悠月は朝からずっと図書室で調べ物をしていたし、景は景で地下の分析室に籠もりっきりだ。

「姫谷先生、まだ分析室なんですか」

「うん。そうなんだけど……なんかね、すごく困ってるらしいの」

「困ってる？」

麻衣の言うことには、ついつい根をつめがちな景に、いつものようにコーヒーを持って行った時のこと、ドアの中から景の「うーん困った……実に困った」という呟きが聞こえてきたのだという。

「なんだかものすごぉぉく苦悩しているみたいで、唸ってるのよ」

「……ええ」

「で、どうしたんですかって聞いたんだけど『何でもない』って言うからそのまま帰ってきたの。でもドアを閉めた途端にまた『困った、困った』って。ねえ、天見くん、今週そんなに難しい所見の解剖、あったかな」

曖昧に首を傾げてみせたが悠月にはわかってしまった。

景が困っているのは、おそらく仕事のことではない。自分との関係のことだ。

「姫谷先生って普段から相当ヘンだけど、今日のヘンはまたちょっと違う気がするのよね」

「ええ」

「一体何を困っているのかしら」

さあ、と頰を引き攣らせる悠月に麻衣はさらにたたみかける。

「冷たいわねえ、天見くん。心配じゃないの？」

「そ、そりゃ少しは心配ですけど」

「本当に何かあったのかしら。昨日までは普通だったのに……あ、そういえば天見くん、昨日お昼姫谷先生とふたりで食べに出たわよね。その時なんか変わったことなかったの？」

「し、知りませんっ！　なんかなんて、あ、あるわけなっ、ないじゃないですかっ！」

突然挙動不審になった悠月に、麻衣が疑惑の視線を投げつけた時だ。

「ご実家で何かあったのかしらね」

手製の弁当を手にした倫子が入ってきた。

「倫子さん、何か聞いてるんですか？」

麻衣の問いかけに、倫子は「ううん」と首を振った。

「姫谷先生って、ご実家のことほとんど何もおっしゃらないでしょ。だから余計にそっちで何かあったのかなって思ってしまって。解剖とか研究のことが原因でないならね」

倫子は少し心配そうに、表情を曇らせた。

悠月も、景の生い立ちについては一切知らないと言っても過言ではない。

倫子の夫が公務員で、息子はふたりで高校生と中学生であることや、麻衣が女子高生時代に原宿でぶいぶい言わせていたことまで知っているというのに、景に関して悠月は、あまりに何も知らない。

「兄弟とかいるんでしたっけ？」

さりげなく尋ねると倫子は、弁当の包みを開きながら「さあ」と首を傾げた。

「実は私もよくわからないの。ご実家にはお母さんがひとりでいらっしゃるって、前に一度だけ聞いたことがあるけれど」

「ひとりで、ですか」

「姫谷先生がここへ来られて七年になるけど、その頃すでにおひとりだったみたいね」

母子家庭なのか、それとも何らかの事情で別居しているのか。

詳しい事情までは、古株の倫子にもわからないという。

「姫谷先生って、実家のこととか子どもの頃のこととかほとんど話さないから、ここへ来る以前の先生のことって、私もよく知らないんだよね」

やはりみな同じことを感じていたようだ。麻衣の言葉に、倫子も悠月もそれぞれ頷いた。

「子どもの頃の話で聞いたことあるのは、小学生の時に、交通事故に遭ったっていう話くらいかなぁ」

「あ、麻衣ちゃん、私もそれ聞いたことある。三日間意識不明だったって」

「そうそう。夜、塾の帰りにとってもきれいな月が出ていて、見惚《みと》れて歩いていたら信号のない交差点で車に撥ねられちゃったっていう話。一体どんなにきれいな月だったんだろうと思ったのよね。不謹慎だけど、なんだかちょっと姫谷先生らしいなって」

「私も。先生がこうして無事に大人になられたから言えることなんだけど、月を見上げながら夜道を歩いている姫谷少年を、ちょっとだけ見てみたかった気がするわ。親の立場からすると、危ないでしょバカ！　って叱りたくなるところだけど」

「ですよねえ」

麻衣と倫子の会話を聞きながら、悠月は先日カラオケへ向かう途中、電柱に激突しそうになった景を思い出す。よほど月が好きなのだろうか。

「でも三日も意識不明で、後遺症も残らなかったなんて奇跡ですよね」

まかり間違えば景も、しばしば運び込まれる交通事故遺体のような悲惨な状態になっていたのかもしれない。運命なんていうものはいつだって、人の力の及ばないところで気まぐれに決定されているんじゃないだろうかと悠月は思う。

景を事故に遭わせた神さまがいるとすれば、ケリの一発もお見舞いしてやりたいが、景を助けてくれた神さまには両手を合わせて感謝したい。どちらも同じ神さまなのかもしれないのに、人間なんて身勝手なものだ。

「ともかく姫谷先生の昔のことを多少知ってるのって、阿部先生くらいじゃないのかな。それでも大学以降のことだろうけど」

「そうね、阿部先生とはお付き合いも長いようだし……あ、噂をすればなんとやらだわね」

倫子がドアの方を見てニコリと笑った。

「いらっしゃい、阿部先生」

「どうも。倫子さん、これどうぞ」

「あらあら、いつも気を遣っていただいてすみません」

手土産のロールケーキを倫子に手渡しながら、琉聖が部屋をぐるりと見渡す。

「あれ、景は？」

「それが、姫谷先生ったら今朝からヘンなんですよぉ」

麻衣は食べかけのプリンとロールケーキを交互に見比べ、景の現在の状況を琉聖の前でもう一度説明した。

「ふぅん、なるほど。困った……か」

ジロリと鋭い視線を感じたのは、多分気のせいなどではない。

「それで、景はまだ分析室に？」

「ええ。朝からずっと」

「……そうですか」

刺すような視線に耐えきれず、悠月は立ち上がり、出入り口に向かった。

「俺、呼んできます。姫谷先生、お腹が空いてるのも気づかないで夢中になってるかもしれない——うあっ！」

躓《つまず》くはずのないところで思いっきり蹴《け》躓いた。

見れば琉聖の長い足が、ぬっと伸びている。

「俺が呼んでくる。お前はすっこんでろっ、このクソガキ」

ロールケーキに夢中の麻衣と倫子には聞こえない声で、琉聖が囁いた。

「あ、阿部せんせ……」

「今夜九時だ」

「……へっ？」

「今夜九時。『ニュームーン』に来い」

「ちょ、ちょっと待っ、てか、どういう」

「お前に拒否権などない。来なければ明日からこの研究室にお前の籍はない。いいな」

「そっ……」

悠月に二の句を継がせず、琉聖は去っていった。

「あれ、阿部先生帰っちゃったの？」

「あらまあ残念。せっかく阿部先生の分も切ったのにねえ」

クリームの付いた包丁を手にした倫子と麻衣が、給湯室から顔を出す。

「仕方ないからあたしが二切れ食ぁべよっと」

「麻衣ちゃん、ウエディングドレスがきつくなっても知らないわよ」

「あーん、倫子さん意地悪」

ケラケラと笑う女性陣の声も、悠月にはどこか遠い。

――今夜九時。ニュームーン。

一方的に叩きつけられたそれは、果たし状にしか思えなかった。

3

繁華街にそびえ立つホテルのスカイラウンジ『ニュームーン』。

以前一度だけ石上《いしがみ》に連れて来られたことのあるバーだ。高級感漂うダークブラウンに統一された店内からは、市内の夜景が一望できる。

気後《きおく》れしながら店内を見回すと、窓際の一番奥の丸テーブルに見慣れたふたりの姿を見つけた。予想はしていたが、琉聖《りゅうせい》の隣で意味ありげな笑みを浮かべているのは石上だった。

悠月《ゆつき》は入店から十五秒で、今夜一回目のため息をついた。

「遅くなりました」

「石上先生を待たせるとは、いい度胸だな」

のっけから好戦的な琉聖の言葉に「申し訳ありません」と頭を下げ、二度目のため息を零《こぼ》すと、石上が左手でひとつだけ空いている椅子を指した。

「まあそう最初から突っかかりなさんな、阿部《あべ》先生。さ、どうぞ遠慮しないで座ってください天見《あまみ》くん」

「……はい」

「今夜は私の奢《おご》りですからね。ふたりとも、たくさん飲んでくださいよ」

にこやかに言いながら、石上は両手の指の関節をバキバキと鳴らした。

悠月の背中に、ぞわっと冷たいものが流れる
具合が悪いとかなんとか、適当な理由をつけて断るべきだったかもしれないと、今さらの後悔に襲われたが、来てしまった以上もう逃げ道はない。

「失礼します」

腹をくくって背もたれまでふかふかの椅子に腰をおろし、聞いたこともないような名前のカクテルを注文した。

奇妙な緊張感の漂う中、石上の音頭で乾杯をし、三人はそれぞれの酒に口をつける。

「単刀直入に訊《き》きます」

ひと口呷《あお》ったグラスをコトリとテーブルに置き、石上が極めて冷静に言った。

「天見くん」

「はい」

「きみは昨日、姫谷《ひめや》先生と一緒に昼食をとったそうですが」

「ええ」

「その後、彼に何かしましたか」

「っ!」

すんでのところで、背の高いカクテルグラスをひっくり返しそうになった。

「なっ、何かって、別にわ……私は、何も」

「何もしていないのなら何もしていないと、はっきり言ってくれればいいんですよ、天見くん。真っ直《まっす》ぐに私の目を見て言えるのならば、ですけどね」

「そ、そんな……」

どうして石上があの件を知っているのだろう。悠月の脳内は混乱を極める。

あの時間石上は、医学部で法医学の講義を行っていたはずだ。

「ネタは上がってんだ、天見。おとなしく吐け」

取調室で犯人に卓上ライトを向ける刑事のように、琉聖が凄《すご》んだ。

「阿部先生まで、どうしてあのことを……」

うっかり漏らしたひと言に、琉聖が速攻で食いついた。

「やっぱりテメーだったんだな！　石上先生、やっぱりこの野郎が犯人ですよ！」

刑事から組関係の人間に早変わりした琉聖は、悠月を指さし石上に向かって叫んだ。

「阿部先生、場所柄をわきまえて。もう少し冷静にお願いします」

静かな口調である分、ある意味石上の方が恐ろしい。

悠月はゴクリと喉《のど》を鳴らし、膝《ひざ》の上で拳《こぶし》を握った。

「実は今朝、私の部屋に姫谷くんが来ましてね、なにやら折り入って相談があると言うんです。昨夜、ひと晩ひとりであれこれ考えたんだけれどどうしても結論を出すことができなかったので聞いて欲しいと、非常に深刻な顔で言いました」

「…………」

喩《たと》えようもないくらい、嫌な予感がした。

今朝悠月は、所轄の警察署に寄り、倫子《みちこ》に頼まれた書類を受け取ってから研究室に向かった。その時点で景はすでに分析室に籠もっていたので、今日はまだ一度も彼と顔を合わせていない。

「姫谷くんはね、私にこう尋ねたんです。『自分ではない他の男性に、性器を扱《しご》かれて射精に至った場合、ぼくはゲイであるという認識でよいのでしょうか』とね」

「なっ……」

「天見テメー、ぶっ殺す。マジで殺す」

「こらこら、阿部先生」

いきり立つ琉聖を窘《たしな》めながら、しかし石上の目もやはり殺意の色だ。

悠月は天井を仰ぎ、呪いの文句をいくつも思い浮かべる。

「姫谷くんはね、実に頭の切れる男だ。基礎に置いておくのはもったいないくらい、手先も器用だしカンもいい。医師として尊敬に値するだろ、天見くん」

「は、はい、もちろん」

「しかし反面、致命的に欠落している部分もある。まず彼は、嘘《うそ》が下手《へた》だ。というより嘘がつけない。もっと言ってしまえば、嘘をついた方がいい場面で嘘をつかない」

まったくもってその通りだ。

非常に深い洞察だが、なるほどと納得している場合ではない。

「嘘というのはね、悪いことばかりではない。時には余計なトラブルを回避したり、人間関係をスムーズにしたりするための大切な知恵だ。しかし姫谷くんの場合、嘘をつくべき場面を察知するレーダーが壊れてしまっているのか、あるいはそもそも備わっていないのか……まあどちらにしても、正常に機能していないと思われる」

「……ええ」

「せめてたとえ話にでもしてくれたらよかったのに、『我を忘れるほど気持ちが良かったんです』なんて言われたらねぇ、さすがに動揺してしまって――あぁちょっと阿部先生、そんなに強くグラスを握りしめたら割れちゃうでしょ。高級なグラスは薄いんですから、加減してください」

「申し訳ありませんが、今、加減できるような精神状態じゃありません」

琉聖はバーボンのロックを一気に呷った。

ひどいしかめっ面《つら》は、喉が焼けたせいばかりではなさそうだ。

「ああ、腹がたつ」

バーボンのおかわりを頼み終えた琉聖が、唸《うな》るように言った。

「本当に……腹が立ちますね、はっきり言って」

石上が、眉《まゆ》ひとつ動かさずに同意する。逃げられるものなら逃げ出したかったが、逃げ出したところでどのみち明日、研究室で顔を合わせなくてはならない。しかも明日は朝から石上の執刀による司法解剖の予定が入っているのだ。

「何を使ったんだ」

「何をって……」

「景《けい》をイかせるのに、どんな薬を使ったのかと訊いてるんだ」

イライラと琉聖が尋ねる。

「薬って、そんなもの使っていません」

「嘘つけ」

「薬なんか使っていません。本当です」

「じゃあどうして景が、その……そんなわけないだろ」

どうやら琉聖も、景のＥＤの件は知っているようだ。

「阿部先生、気持ちはわかりますが、この際そっちの問題は置いておきましょう」

石上はテーブルに肘《ひじ》をつき、両手を組む。

「問題はね、天見くん」

「はい」

「姫谷くんとの行為が、合意の上だったのかということです」

「……え」

「姫谷くんからきみを誘うとは考えにくい。したがってきみから彼を誘ったことは九十九パーセント間違いないとして、まさか嫌がる彼を無理矢理……なんてことはないだろうね」

悠月が押し黙るのを見て、琉聖がドンッと拳でテーブルを叩《たた》いた。

「どうなんだ、天見。答えられないのかっ」

抑えた声で怒鳴るものだから余計にドスが利いている。

本当に堅気の人間なのかと疑ってしまうほどの迫力だった。

「景が……あいつがお前みたいな青二才に心を許すわけないんだ。なんかテキトーに上手《うま》いこと言ってあいつを油断させて、でもって無理矢理押さえつけてヤッたんだろ。正直に吐きやがれっ、ゴルアァ」

「阿部先生、いい加減にしてください。天見くん、どうしても答えたくないのならそれでもいいです。ただしここは裁判所ではない。その無言を、私はYESと解釈しますからね」

「…………」

ここで何も答えなければ、自分が景にしたことを認めてしまうことになる。

確かに合意だったとはいえない。無体なことをしたと思うが、それだけでない何かがあの時の自分たちの間には流れていた気がする。ただそれを言葉でうまく説明することは、とても難しいだろう。

「つまりはこういうことですか。経緯はよくわからないが、きみはなんらかの方法で姫谷くんを誘い出し、彼の身体《からだ》に触れた。そしてきみの言い分を信じるとすれば、特別薬などを使うことなく……あ、確認していなかったけれど、天見くんは姫谷くんの病気の件を承知していたのかな」

「……はい、一応」

聞かされたのはコトが済んだ後だったのだが、面倒なので黙っておくことにした。

「そうですか。それでまあ、どういった要因が影響してそうなったのかは不明ながらも、姫谷くんはきみの手で思いがけず覚醒した状態での射精を経験した。生まれて初めて。そしてその感想は『とても気持ちが良かった』と」

「…………」

「大事なことを訊いていませんでした。天見くん、きみは姫谷くんのことが好きなのかな」

「……え」

「どうなんだ天見！　答えによっちゃ今夜、生きてここから帰れないと思え」

この場合、好きだと答えると帰れないのか、好きではないと答えると帰れないのか。

ぐるぐるする脳内を統制しきれず、悠月は結局自分の正直な気持ちを口にした。

「わからないんです」

「……っんだとぉ」

敵の胸ぐらを摑《つか》もうと前のめりになる琉聖を、石上が腕で制した。

「姫谷先生のことは尊敬していますし、とても大切な人だと思っています。でも私は今まで女性としか付き合ったことがありません。自分の性癖について疑問を持ったことすらありませんでした。だから、その……」

悠月は石上と琉聖を交互に見やった。

琉聖の瞳には、メラメラと赤い炎が揺らめいている。一方の石上は「腹がたつ」という台詞《せりふ》とは裏腹な、怖いくらい冷静な視線をこちらに向けていた。

「だから何なんだよ、えっ？　はっきり言え、天見」

「ですから……自分がそういう意味で姫谷先生を好きなのか、正直まだわからないんです。申し訳ありません」

悠月が頭を下げると、石上はふーんと深いため息を落とした。

「ねぇ石上先生、何を弱気になってるんですか。このエロ唐変木《とうへんぼく》になんとか言ってやってください。あなた、俺に対しては必要以上に強気なくせに。自分とこの学生でしょうが」

憤懣《ふんまん》やるかたないといった様子の琉聖は、とうとう石上にまで突っかかり始めた。

「今朝、姫谷くんから相談を受けた時、私は相手は阿部先生だろうと思った。それで一体どういうつもりなのかと問いつめた」

「朝っぱらから、わざわざ心臓外科までお越しいただいたよ」

「ところが彼は、滅相もない、自分は神に誓ってそんなことしていないと言う。阿部先生はこう見えても、姫谷くんとは別の意味で嘘のつけない男だからね。それなら誰が？　と考えて、残念ながらきみしかいないという結論に至ったというわけだ」

「……………」

「飼い犬に手を噛《か》まれるとは、こういうことを言うんだろうね」

多少ニュアンスの違う喩えをしながら、石上は「実に情けない」と首を振った。

「彼はね、天見くん、姫なんだ。地下室の姫。名前が姫谷だからというだけじゃない。彼は本質的に、お姫さまなんだよ」

「……はぁ」

その話は、悠月も二年前に聞いていた。日々一緒に仕事をするうち、景が姫というより王子の要素を多分に持っていることを知ったが、どちらにせよ気位が高く、他人を寄せつけない独自の世界観を持った人間であることには違いない。その点において「地下室の姫」とは、実に的確な喩えと言える。

「学生時代からずっとそうさ」

酔いが回って幾分気持ちが落ち着いたのか、椅子に背中を預けて琉聖が呟《つぶや》いた。

「景は、ある種のフェロモンをまき散らしたいだけまき散らして、言い寄ってくる男たちを歯牙《しが》にもかけなかった。自分がそういう匂《にお》いを振りまいていることに、まるで気づいていなかったんだ」

やはりその頃から、琉聖は景を思っていたのだ。

「隙《すき》を見せるだけ見せておきながら、寄ってきた男たちを次々とソデにする。悪意の欠片《かけら》もなくな。まるでどっかの姫さまだろうよ」

「阿部先生は、姫谷先生に告白しなかったんですか？」

「告白だぁ～？　お前は女子中学生か。野郎同士で気色の悪い」

「じゃあ、一度も姫谷先生にご自分の気持ちを伝えていないんですか」

「伝えたというか……何気にそういう雰囲気に持って行こうとしたことはあるさ。でもあいつが途中で急に『そういえばぼくは、勃起《ぼっき》障害でね』とか言い出すもんだから」

琉聖はギリッと奥歯を鳴らした。

「こんなことになるんなら、学生のうちに無理矢理にでもヤッときゃ……」

石上の鋭い視線に気づき、琉聖は以下の言葉を自粛した。

一瞬の静寂が三人を包む。

ふと窓の外を見ると、漆黒の夜空には中途半端に欠けた月が浮かんでいた。

「ついぞ誰にも靡《なび》かなかったお姫さま――彼はね、かぐや姫なんだよ」

悠月の視線の先を追った石上がそんなことを口にした。

「かぐや姫、ですか？」

「そう。かぐや姫」

悠月は軽い目眩《めまい》を覚えながら、円錐《えんすい》状のカクテルグラスを傾ける。

理系の人間の中には、希《まれ》に極端なロマンチストがいるというが、石上もそうだったとは今の今まで気づかなかった。

「いつか月に戻ってしまうんじゃないかと、私は毎日気が気じゃない」

どこかうっとりと語る石上に呆気《あっけ》にとられていると、琉聖がひと言「出たよ、メルヘンジジイ」と呟いた。

「何か言いましたか、阿部先生」

「いーえっ、何も」

「天見くん、悪いことは言わない。これ以上姫谷くんにちょっかいを出すのはやめなさい」

「ちょっかいなんて、私は……」

「そうだぞ天見。自分の気持ちもはっきりわからないくせに家に誘ったり、挙げ句手ぇ出すなんざ、本来なら市中引き回しの上磔《はりつけ》獄門と言いたいところだが、金輪際余計なマネはしないと約束するなら、特別に情状酌量してやってもいい」

「わかったね」

「わかったな、ゴルアァ」

仲が悪いのかいいのかわからないふたりの波状攻撃に、悠月は口を一文字に結んだ。

確かに己《おのれ》の景に対する気持ちがどんな種類のものなのか、自分でも測りかねている。単なる尊敬や憧憬《しょうけい》でない気がする。どちらかというと性愛を含めた恋愛感情――つまり女性に対して抱くようなそれだと考えるのが、一番しっくり来る。

だとすると、自分はやはりゲイなのだろうか。

二十六年間ずっと、気づかなかっただけなのか。

「天見、返事はどうした」

考え込んでいると、琉聖に急《せ》かされた。

「えっと……私は、その」

「まだ何か言いたいことがあるのか」

昨日のような強引なやり方は慎みたいと思う。けど「関わるな」などという一方的な命令には、とてもじゃないが納得できない。景本人の意思ならともかく、誰かを好きになるのに第三者に意見などされたくない。

「お約束はできません。申し訳ありませんが」

「天見、テメッ……」

琉聖が俄《にわか》に色めき立つ。

「どういう好きかはまだよくわかりませんが、それでも私は姫谷先生のことが好きです。その気持ちは誰にも変えられません。関わるなと言われても、承服しかねます」

「それは」

石上は悠月を見据え、静かに腕を組んだ。

「研究室の長である私に対する、きみの最終的な答えなんだね」

「今は仕事中ではないので、石上親《ちかし》さん個人にお答えするだけで充分かと思いますが」

仕事に私情を絡める人間が悠月は大嫌いだ。こんなことになってしまって明日から気まずいのはお互いさまだと思うけれど、それでも仕事は仕事。割り切らなくてはならない。

もしも石上が今度のことで自分を研究室からはじき出すようなことをするなら、その時はその時だ。人間として尊敬できない上司の下で一生働くなんて、真っ平ゴメンだ。

「では……それがきみのファイナルアンサーということでいいんだね」

「はい。ファイナルアンサーということでお願いします」

悠月は立ち上がり、腕組みをしたまま微動だにしない石上と般若《はんにゃ》の形相の琉聖に一礼をして背を向けた。

――あーあ、言っちまったよ、俺ってば。

後悔はしていないが、明日からの気まずさを考えると頭痛がしそうだった。

石上は結局、景の相談に対してなんと答えたのだろう。

エレベーターのボタンを押しながら落とした大きなため息が、今夜何度目のものなのかもうわからなくなっていた。

十年にひとりだ、いや二十年にひとりだと、ハレー彗星《すいせい》か皆既日食並みに珍しがられるのは最初だけで、一度入ってしまえばあとは情け容赦なくこき使われる日々が延々と続く。それが法医学教室における院生の宿命だ。

午前の司法解剖を終えた悠月は、いつものごとくかき込むように昼食を胃に収め、休む間もなく分析室に籠《こ》もった。固定してあった臓器の切り出しをするためだ。

司法解剖によって摘出された臓器をそのまま放置すると、当然のことながら時間の経過とともに細胞が死滅していき、組織診断の役に立たなくなってしまう。そのためホルムアルデヒド水溶液（ホルマリン）やアルコールなどの薬品を用いて、組織・細胞のタンパク質を凝固させる。

この作業を組織の固定といい、固定の済んだ臓器や組織を組織標本に適した大きさに刃物で切り取る作業を切り出しという。大切なのはわかるが実に地味な作業だ。もとい、地味だけれどとても大切な作業だ。

根をつめすぎて丸めた背中を「うーん」と大きく伸ばすと、悠月は首の骨をパキパキと鳴らした。

『ニュームーン』でファイナルアンサーを叩きつけてからちょうど一週間。石上と琉聖と悠月、それに景を加えた四人の関係は、危ういながらもなんとか均衡を保っていた。

景は以前と変わりなく誰に対しても淡々と接していたが、悠月だけは彼の態度に微妙な違和感を覚えていた。あからさまに無視されるとか、口を利いてもらえないというようなことはないのだが、たとえば景のいる分析室に悠月が入っていくと、景はそそくさと作業を終わらせ出て行ってしまう。悠月が休憩室で休んでいる時間、景は決してそこへ入って来ようとはしない。

仕事に支障をきたすことはないが、景が悠月とふたりきりになるのを避けていることは間違いなかった。倫子や麻衣《まい》は気づいていないようだったが、事情を知っている石上にはバレバレだろう。

ショックでないと言えば嘘になる。あっぱれなまでに自業自得なのだから。やっかいなのは後悔をかき消すくらいに強く、あの時の景の姿を脳裏に描いてしまう節操なしの自分だった。

果てる瞬間、コクリと上下した細い喉のライン、総毛立つ肌、微《かす》かに震える声――それらはまるで日光写真のように脳裏に焼き付いて離れない。

悠月の知る、どの女性よりきれいだと思った。

景を手でイかせただけで、自分のものには触れもしなかったのに、こんなにも鮮明に記憶はリフレインする。夜、景を思うと身体の芯《しん》が熱を帯びたようになり、矢も盾もたまらず何度もひとりで抜いた。そんな自分をいい加減持て余しそうだった。

意外なことに、石上はあれから嫌がらせひとつ仕かけてこない。悠月に対しても景に対しても、普段どおりの態度を保っていて、その平静さがかえって不気味だった。

「天見くん、解剖入ったわよ」

ドアが開き、麻衣が顔を覗《のぞ》かせた。

「あ、はい」

「執刀、姫谷先生だから天見くん補佐よろしく」

「あれ、石上先生は？」

「今日は午後から会議」

「あぁ、そう言えばそうでしたね」

了解です、と悠月は丸椅子から立ち上がった。

石上と景が揃《そろ》っている時、悠月は記録係に回ることが多い。記録係なら、長時間真正面で顔を合わせなくて済む。今週は週明けから運良くふたりが揃っていて、悠月はずっと事務机に向かっていられたが、どうやら今日はそうもいかないようだった。

いつもどおりゴム長を履き、エプロンを纏《まと》い、ゴム手袋を三枚重ねた上から軍手をはめる。気持ちを仕事モードに切り替えるための、それは一種の儀式に近かった。

少し遅れて景が入ってくる。

よろしくお願いしますという声を皮切りに、警察官がメモを読み上げた。

「笹倉政夫《ささくらまさお》さん六十一歳。無職。住所は西あけぼの町三丁目十三の二、あけぼの荘にひとり暮らしでした。別居の家族もなく、近所の人には『自分は天涯孤独だ』と言っていたそうです。昨夜十一時半頃、自宅アパートの階段下で頭から血を流して倒れているのを同じアパートの住人が発見、通報。救急隊が駆け付けた時にはすでに死後硬直が始まっていたので、蘇《そ》生《せい》措置は行われませんでした。後頭部にかなりの出血あり……」

悠月は全神経を集中させ、メモの内容を頭に叩き込んだ。

実は昨日、先週初めに運ばれてきた轢死体《れきしたい》について「自ら車道に横たわり、祈るように胸の上で手を組む被害者を見た」という目撃情報が飛び込んできた。時を同じくして、家族に宛《あ》てた遺書も発見された。それを受け警察ではあの一件を自殺と断定するに至った。

景が「否定できない」と言ったほんのひと筋の可能性が、まさに現実のものとなったのだ。

こういう時悠月は、景の鑑定医としての才覚を見せつけられた気がする。

いつだったか『姫谷先生には、マジで死者の声が聞こえているんじゃないですか』と尋ねたことがあったが、返ってきた答えは『遺体がしゃべるくらいなら、司法解剖などする必要はない』という身も蓋《ふた》もないものだった。いかにも彼らしい答えだと思う。

「凶器らしきものは発見されているんでしょうか」

麻衣の横に立ち、ペンを走らせる彼女の手元を見ていた景が、ゆっくりと解剖台に近づきながらおもむろに口を開いた。

「遺体頭部の横に赤ん坊の頭大の石が転がっていて、血液が付着していました。ただ、なんらかの事情で階段から転落した際に、運悪くそこにあった石で後頭部を打ったのか、何者かの手で殴打されたのかは不明です」

「わかりました。石から指紋は――」

所定のポジションに立つや、景は小さく息を呑《の》み、そのまま動きを止めた。

「姫谷先生？」

いつもなら、淀みない口調で的を射た質問がポンポン飛び出すところなのに、大きく目を見開いたまま固まってしまった景に、警察官もメモを読み上げるのをやめた。

「先生、どうかしましたか」

「……いや」

景の視線の先を追うと、右前腕の内側に楕円形《だえんけい》の痣《あざ》のようなものがあるのが見えた。

「痣ですかね」

一見して打撲など外傷でできたものではなく、いわゆる生まれつきの痣だとわかった。

「……うん」

痣から目を離すことなく、景は曖昧《あいまい》に返事をする。

あきらかに様子がおかしかった。

「姫谷先生、大丈夫ですか。顔色悪いですよ」

悠月の声に、麻衣が駆け寄ってきた。

部屋の隅で写真の準備をしていた若い警察官が、心配そうにこちらを見ている。

「先生、本当に顔色悪いです。ちょっと休まれた方が」

「いや、大丈夫だ。始めよう」

「でも……」

「本当に大丈夫だから」

麻衣に席に戻るよう指示すると、景は悠月を向き直って言った。

「天見くん、直腸温は」

「えっ……えーっと二十五度です」

「じゃ次、外表検査」

「はい」

その後の景は普段とまったく変わらない様子でてきぱきと周囲に指示を出し、解剖は一時間足らずで終了した。死因は階段から落ちた際に石で後頭部を強打したことによる脳《のう》挫傷《ざしょう》。事件性はないと判断された。

いつもなら後始末を悠月たちに任せてひと足先に解剖室を出ていく景が、この日はなぜか遺体の縫い跡をじっと見つめ、いつまでも動こうとしなかった。

やはりおかしい。

「あの、姫谷先生」

背後からそっと声をかけると、景は弾《はじ》かれたように振り返った。

その瞳に、悠月は言葉を失う。何かに怯《おび》えるような、戸惑っているような——まるで泣き出しそうな幼子《おさなご》の顔に見えたのだ。

「先生、このご遺体……」

誰なんですか。

言いかけた悠月の脇《わき》をすり抜け、景は無言のままよろよろとドアへと向かった。

「先生、ちょっとまっ——あっ！」

悠月が言葉をかける前に、麻衣の「キャッ」という悲鳴が室内にこだました。

ドアの手前で、景は膝から崩れ落ちるように蹲《うずくま》り、そのまま床に倒れた。


遺族待合室のソファーを急ごしらえのベッドにして、景を横たえた。

往診に来てくれた内科医の診断によると、詳しいことは血液検査の結果を見ないとわからないが、おそらくは何かしらの心労とストレスに、若干の栄養失調が重なったことが原因だろうということだった。

「俺、寿命縮んじゃったよ、先生」

　点滴を受けながら眠る景に、悠月はそっと語りかける。なにか嫌な夢でも見ているのか、時々きゅっと眉根を寄せるのが痛々しい。

　景が倒れたのは、自分のせいかもしれない。いや間違いなく自分のせいだろう。ただでさえ食が細い景に余計なストレスをかけ、余計に食欲を減退させてしまったのだ。

　男にしては少し細い腕を見つめ、悠月は後悔の嵐に襲われる。

「ごめん、姫谷先生」

　さっきより、ほんの少し赤みが差してきた顔に手を伸ばす。

　額《ひたい》の前髪に指をかけようとした、その時だった。

「触るな」

　低く鋭い声に、悠月は振り返る。

「景に触るな」

「……阿部先生」

　静かにドアを閉め、琉聖が待合室に入ってきた。

「そこをどけ」

「…………」

「どけ」

感情のない命令が、悠月の胸に突き刺さる。お前のせいだと言われている気がした。

「聞こえなかったのか。どけと言っているんだ」

悠月は唇を嚙みしめ、のろのろと景の傍《そば》を離れた。入れ違いにソファー横の狭いスペースに陣取った琉聖は、腕時計を見ながら点滴の速度を調整する。

「こんな速度じゃ、終わるの明日になっちまうだろうが、ったく」

なに見てんだよと、琉聖は小さく舌打ちする。

「出ていけ。これが終わったら、こいつは俺が連れて帰る」

「……え」

「お前に任せていると、また強姦《ごうかん》しかねないからな」

「強姦って……」

「本人の意思を無視してヤッたら強姦だろ。たとえ突っ込んでなくてもな」

「…………」

何も言い返せないのは、悠月自身がどこかでそれを認めているからだ。

自分は景にひどいことをした。結果、こんなことになった。

「悪いが今、お前の顔を見たくないんだ。とっとと出てってくれ」

「…………」

「倫子さんに、景は俺が連れて帰るからと言っておけ。いいな」

「……はい」

引き摺《ず》るような足取りで出口に向かう。

ドアノブに手をかけると、「天見」と呼びとめられた。

「なんですか」

「いい気になるなよ」

悠月を見ることなく、琉聖は毒を塗った矢を飛ばした。

「学生だと思って大目に見てやってたけど、これ以上景の心を弄《もてあそ》ぶようなマネしたら、石上先生はともかく、俺は黙ってねえからな」

「俺は……弄んでいるつもりはありません」

「つもりはなくても、結果としてこんなことになってるじゃねーか。お前がちょっかい出さなかったらな、景は倒れたりしなかったんだ」

「それは」

痛いほど自覚があるからこそ、言葉にして突きつけられると辛《つら》い。拳を握りしめて俯《うつむ》くしかできない自分が、情けなくて腹立たしかった。

「自分勝手にサカッて、がっつくしか能のない若造にこいつの相手なんか務まるわけないんだ。十年以上付き合ってる俺にだって、八割以上理解できない男なんだからな」

八割以上理解できなくても、人は人を好きになれるのだろうか。

素朴な疑問を口に出せばおそらく、十倍になって返ってくるだろう。

「それにお前はストレートだろ。お前が今まで付き合ってきた相手は、全部女だ」

「まさか、調べたんですか」

「まあな」

ひやりとしたものを胃の奥に感じた。

琉聖にあのことを知られてしまった。

「調査会社ですか」

「まぁ、そんなところだ」

それはいくらなんでもやり過ぎだ。しかし抗議しようとしたところで、ソファーの上の景が「んん……」と苦しそうな声を上げた。

「景、大丈夫か？　苦しくないか？」

琉聖は、悠月に放ったのとは別人のような柔らかい声をかけながら覗き込む。けれども景はその目をうっすらと開いただけで、またすぐに閉じてしまった。

眠っているというよりは、ただ浅くまどろんでいるといった感じだ。

さっき梳《す》いてやろうとした前髪を、琉聖が指先で何度も丁寧に梳く。

悠月が景にしてやれることは、確かにもう何もなかった。

「とにかくこれでお前もわかっただろ。こっちの人間でもないくせに、気まぐれで男に欲情されたんじゃ迷惑なんだ。溜《た》まってんならな、そこらへんにいくらでも便利な風呂があるから、そこ行って抜いてこい」

言いたいことだけ言うと、琉聖はくるりと背を向けてしまった。

調査会社からの報告書で知ったであろうあの件には、ひと言も触れないまま。

拳を握りしめたまま、「失礼します」と部屋を出た。

夕闇に包まれた廊下をひたひたと歩きながら、悠月は自分がどれほど景を好きになっていたかを思い知った。

なんとなくひとりになりたくなくて、珍しく寄り道をした。夜に外食をすることは最近あまりないのだが、真っ直ぐ帰宅するには時間が早すぎた。孤独と後悔に悶々《もんもん》としながら夜を過ごすことがいかに辛いかは、嫌というほど知っている。

繁華街をぶらぶら歩くうち、以前何度か利用したことのあるイタリアンの美味《うま》いカフェがあったことを思い出して行ってみたが、いつの間にか店を畳んでしまったらしく、今は女性向けのアクセサリー店になっていた。

仕方なく駅前の居酒屋に入り、適当なつまみで適当にビールを飲み、適当にお茶漬けを食べてとっとと会計をした。時間を潰《つぶ》すつもりだったのに、結局一時間足らずで店を出てしまった。賑《にぎ》やかな場所に身を置いたところで、心の隙間が埋まりはしない。

喧噪《けんそう》は深い部分の精神状態を計るのに適している。楽しい時はより楽しい気分になるが、陰鬱《いんうつ》な気分の時にはそこにいることで心は際限なく沈んでいく。

誰でもいいから傍にいて欲しいなどという気持ちは、悠月にはわからない。けれど傍にいて欲しい〝誰か〟がいるのに、その人がいない淋しさならよくわかる。

ひとりにはもう慣れているつもりだった。三年以上誰とも夜を過ごしていないし、この状態が死ぬまで続くとしても、それはそれで仕方のないことだと思っていた。

けれど景と出会って、悠月の日常や価値観はいとも呆気なくひっくり返ってしまった。

これほど、身を焦がれるほどに誰かを欲しいと願ったのは、生まれて初めてのことだ。

景は今、琉聖の部屋で何をしているのか。どんな気持ちでいるのか。

考えても詮《せん》ないこととわかっていても、考えずにはいられなかった。

お前はストレートだろうと琉聖に言われたが、そんなことはもうどうでもいい問題に思えた。好きで好きでたまらない相手がいるのに、自分はゲイではないはずだからなどという理由で諦《あきら》められるはずがない。

男に惚《ほ》れたのだから、その時点で自分は間違いなくゲイなのだ。

驚きはあるが、正直それほど衝撃はなかった。

景が倒れたことの方が、よほどショックだった。

一体いつからだったのだろう。誰かに聞かれてもはっきりとは答えられないが、気づいた時にはかけがえのない存在になっていた。今にして思えば、友人に連れられて研究室を訪れたあの日から、姫谷景という男のすべてに惹《ひ》かれていたのかもしれない――などというのは、少し調子が良すぎるだろうか。

車を大学に置いてきたので、タクシーで自宅へ向かう。正面玄関の前で車を降りた時、エントランス脇のコンクリートブロックに腰かけている黒い影を見つけてぎょっとした。

「あっ――」

誰、と問うまでもない。

会いたいと願っていた姿が、タクシーのテールライトに照らし出されていた。

「姫谷先生、ど、どうしたんですかこんなところに」

「……うん」

「阿部先生のところに行ったんじゃなかったんですか」

「……行った」

「じゃあどうして。姫谷先生がここにいること、阿部先生は知ってるんですか」

「…………」

矢継ぎ早に質問を浴びせるうち、景は俯いて黙ってしまった。

「や、あの、来てくれて、俺は嬉《うれ》しいんですけど……とにかく一旦《いったん》入りましょう。ね？」

背中にそっと手を回し、エントランスに入るよう促すが、景は足を突っ張ったまま歩き出そうとしない。

「どうしたんですか。もしかしてまだ体調が……」

「――て欲しい」

消え入りそうなその囁《ささや》きに、悠月は斜め下にある景の顔を覗き込んだ。

「……先生？」

景は俯いたまま上目遣いに悠月を見上げ、今度は悠月の耳に届く声でこう言ったのだ。

「今夜は、きみのところに泊まりたい」

「……えっ」

「ダメか」

「ダメかって、そんなこと言われても」

「嫌か」

「嫌なわけないでしょ。でも……」

ダメな理由なら山ほどあるが、嫌な理由はひとつも見つからない。

悠月は困惑し、ただ立ち尽くす。

「琉聖には、自分の家でないと眠れないから帰りたいと言った。ゆっくり眠りたいから電話もよこすなと言って出てきた。でもきっと、自分の部屋に戻ったところで、ぼくは今夜熟睡などできない」

「………」

眠れないというのは、まだ体調が良くないせいだろうか。

それともやはり、あの遺体のせいなのだろうか。

「きみの部屋にある、あの安っぽいソファーで寝たい。寝心地がいいとはお世辞にも言えないのに、この間の夜は自分でも信じられないほど熟睡できたんだ。なぜだか理由はわからないんだけれど」

景はなぜ、琉聖の家を出てわざわざ自分のところへやってきたのだろう。悠月には、ソファーの寝心地だけが理由だとはとても思えなかった。

あんなことをしてしまった自分を、景は一体どう思っているのか。自分を無理矢理手でイかせた男の顔など、できれば見たくないはずだ。

けれども景はここへ来た。誰に指図されたわけでもなく、自分の意思で。逆にそれは、顔も見たくない相手に頼らなければならないほど、何かに追いつめられているということになりはしないか。

「わかりました。とにかく入りましょう」

悠月が微笑《ほほえ》むと、不安でいっぱいだった景の顔に安堵《あんど》の色が広がる。

安物だろうとなんだろうと、景があのソファーを気に入っているのならそれでいい。

悠月は景の背中にふたたびそっと手を添えた。

「今日はカルビはないですけどね」

軽く投げかけた台詞に、景が笑う気配はなかった。


食欲がないというので、無理に食事を勧めることはしなかった。

景がシャワーを浴びる間、悠月は廊下の壁にダラリと背中を預ける。

あわよくば覗こうなどという邪《よこしま》な考えからではなく、万が一景がバスルーム内で倒れた場合に備えてのことだ。

ザーザーという水音がやみ、不意にバスルームが静かになる。

耳を欹《そばだ》てても、ちゃぷんのひとつも聞こえない。

「姫谷先生、湯加減はどうですか」

扉越しに尋ねると、すぐに「ちょうどいい」と短い答えが返ってきた。

「もし気分が悪くなったら呼んでくださいね。ここにいますから」

「……うん」

ほんの短い返事に、全身の緊張が一気に解けるほどホッとしてしまう。

悠月は医師だ。医師免許だって持っているし、たったの二年間だが臨床医の経験もある。

しかしこの半年間は、生きた人間を一度も診ていない。何より目の前で健康だったはずの人間が突然倒れるという状況は、学生時代研修時代を通じてあまり経験がない。

一度だけ、近所のバス停で年配の女性が心臓発作を起こしたところに居合わせたことがあったが、その時ですら今日のように焦りはしなかった。

医師とて人間だ。大切な人が発作を起こしたり倒れたりすれば、平静でなどいられない。それでも悠月には、今日の自分があまりに無力に思えてならなかった。動揺して、点滴の速度が遅くなっていることにすら気づけなかったのだから。

医師としても研究者としても、まだまだ半端な自分……。

景がバスタブから出るザブンという音で、悠月はようやく我に返った。

「お先に失礼したよ」

「ふらついたりしませんでしたか」

「大丈夫だ」

体温が上がったせいだろう、さっき外に立っていた時よりずいぶんと顔色がよかった。襟の合わせ目から覗く、ほんのり上気した肌は薄いピンク色だ。

「すみません、もう少し小さいサイズのがあればよかったんですけど」

「ん？」

「パジャマ、かなりゆるいですよね。滅多にお客さんなんて来ないから」

悠月がゆったりと着られるＬＬサイズのパジャマに、細身の景はもうひとりくらい余裕で入れそうだった。

「着るものなんて、なんだっていい」

投げやりな声で言うと、景はバスタオルを悠月に手渡した。

「でもズボンの裾《すそ》、少し捲《まく》った方がいいですね」

「裾？」

少し目を眇め、景は自分の足下を見る。

「そのままだと歩きにくいでしょ」

「……いい」

いいというのは、このままでいいという意味だろうが、見ている悠月は危なっかしくて気が気ではない。

「それに、ボタンがひとつずつズレてますよ」

「え？　――あ」

左右不揃いな上着の裾を持ち上げ、景は長くて重いため息を落とす。

裾を捲るのもボタンを直すのも面倒くさいのだろう。

「別に、ずれていても問題はない」

子どもじみたその反応に、悠月は思わず苦笑してしまった。

「俺が直します」

「いい、そんなこと」

「ほら、動かないで」

裾をふた折りした後、上着のボタンを素早くかけ直す。

まだ濡《ぬ》れた髪の先から、足下にぽたりと滴《しずく》が落ちてきた。

「これじゃなんだか松の廊下みたいです。夜にトイレに行く時に危ないでしょ」

「……いいと言っているのに」

「それから今日はドライヤーかけてくださいね。濡れたままだと風邪ひきますから」

「別にかけなくても……」

「俺がかけてあげますから」

ボタンをかけたあと景を座らせ、悠月はソファーの後ろ側に回った。ドライヤーのスイッチを入れると、癖のない柔らかな髪が左右上下に踊る。

「姫谷先生って、見かけによらずそそっかしいんですね」

「……ん？」

「ほらこの間、ここで焼き肉した日、あの日も上着のボタンかけ違えてましたよ。それに解剖終わってシャワー浴びた後、いつも髪乾かさないでしょ」

「……ん」

「そそっかしい上に面倒くさがりなんですね」

「…………」

ゴーッという風音に負けないように大声で話すのは悠月ひとりだ。景は聞いているのかいないのか、首をやや左に傾けてされるがままになっていた。

「はい、完了。何か飲みますか？」

力の抜けきったその肩をわざと強めに叩くと、景は首を横に振り「ありがとう」と呟くように言った。

「本当にソファーでいいんですか。もしよかったらベッドを使っても……」

「ここでいい」

見ればすでに景の目蓋は半分ほど閉じられ、かなり眠そうだった。

悠月は本人の意思を尊重することにする。

本心を言えば、自分も景の傍で寝たい。床にごろ寝でもいいから、ひと晩中景の傍に付き添っていたかった。けれどそんなことをすれば、景の睡眠を妨げてしまうだろう。倒れるほどのストレスを与えてしまった張本人としては、それだけは避けたかった。

「それじゃ俺ももう風呂入って寝ますけど、万が一具合が悪くなったりしたらすぐに呼んでくださいよ。俺はそっちの寝室で寝てますから」

「……ん」

「あと、夜中に喉が渇いた時は冷蔵庫勝手に開けていいですからね。中にスポドリとかお茶とか入ってるんで自由に飲んでください。あ、そうそう、腹が減った時も遠慮なく起こしてください。カップ麺《めん》くらいなら……」

「天見くん」

「はいっ」

心配のあまりとはいえ、寝ようとしている時にこう捲したてられてはさすがにうるさかったのだろう。

「すみません、もう行きますね」

「……違うんだ」

「えっ、あ、そうだ毛布を忘れてた。今取って……」

「そうじゃない」

毛布を取りに寝室へ向かう悠月の右腕を、いきなり景が摑んだ。

その手の強さに、悠月は驚いて振り返る。

「父かもしれない」

ぽろりとこぼれ落ちた言葉は、あまりに唐突だった。

「父って……お父さんのことですか」

指先に、一層力を込められる。

った。

「先生のお父さんが、どうかされたんですか」

俯き加減に瞳を閉じて睫毛《まつげ》を震わすその様子から、あまりよい方向の話でないことはわかった。

父かもしれない、とはどういう意味なのか。

思いがけずどこかで父親に似た誰かを見たということなのか。

「……あったんだ」

「会った？　誰に？　どこかでお父さんに似た人に会ったんですか？」

「そうじゃなくて」

要領を得ないやり取りに、苛立《いらだ》ちよりも嫌な予感が募る。

「痣が……あった」

「痣？　痣ってまさか――」

言いかけて、悠月はハッと口を噤《つぐ》んだ。

昼間、運ばれてきた遺体の腕を見た時の景の動揺が脳裏を過《よぎ》る。

「まさか、先生のお父さんって、昼間の、あの……」

遺体という言葉を口にするべきか躊躇《ちゅうちょ》しているうちに、景の手から力が抜けた。

開いた足の間にだらりと両腕を下ろし、景は静かに頷《うなず》いた。

「そん……な」

重苦しい予感が、一気に胸の奥まで支配した。

「間違いないんですか」

「わからない」

「わからないって、そんな」

「わからないんだ。だってぼくは」

俯いたまま、震える声で景は言った。

「父親の顔を知らないから」

悠月はひと時呼吸を忘れ、自分に向けられた形のよい旋毛《つむじ》を見つめた。

『あなたのお父さんは、あなたが生まれる前に死んでしまったの。けどあのお月さまから、いつもあなたのことを見守ってくれているのよ』

幼い景に、母親はそう言って聞かせていた。

だからいつも夜空の月を見上げ、そこに父親を探していたのだという。

お気に入りのソファーに浅く腰かけたまま、景はぽつりぽつりと語り始めた。

「でもぼくは、父が死んだということを心のどこかで疑っていた……母がぼくに、嘘をついているんじゃないと」

「どうして？」

「父の写真がなかった。ただの一枚も。離婚ではなく病気で死んだのなら、写真くらいあってもよさそうなものなのに、母はひたすら『写真はない』の一点張りで」

言われてみれば、それは確かに不自然だ。

「高校入学の時、戸籍謄本が必要になった。区役所に取りに行って……その時初めて自分が非嫡出子だったことを知った。うすうす気づいていたことだったからそれほどショックはなかったけれど、ただ……」

「ただ?」

「父が生きているとしたら、やっぱりあの人だったんだろうかと」

「あの人って……心当たりがあるんですか」

悠月は思わず景の隣に座り、俯き加減のその顔を覗き込んだ。

「小学四年生の時、ぼくは交通事故に遭った。塾の帰り道、夜空の満月を見上げていて車に跳ねられた。しばらく意識が戻らなくて……いつも仕事優先の母も、その時ばかりはぼくにずっと付き添っていたそうだ」

それは先日、倫子と麻衣から聞いたばかりの話だった。

「意識が回復した時、最初に見たのは、ぼくの手を握ったまま眠っている母の頭だった」

「心配なさったでしょうね」

女手ひとつで育ててきた息子が事故で意識不明に。

母親の気持ちを慮《おもんぱか》る悠月に、なぜか景は冷笑を浮かべた。

「その三日間だけはね。意識が戻った翌日から、もう仕事に行った。『お母さん明日から会社に行くから、何か困ったことがあったら看護師さんに言うのよ』ってね」

苦いものを吐き出すような言い方に、悠月は眉根を寄せた。

景が実家のことを多く語らなかった理由が、ようやくわかった気がした。

母子家庭で、母親は不在がち。淋しいと訴えることすらままならなかっただろう少年時代の景に、悠月の胸は軋《きし》む。

「主任、係長、課長と役職が上がるたび、母が家にいる時間は少なくなっていった。幸いぼくは勉強が大好きだったから、放課後ひとりの時間が長いのは好都合だった」

ひとりぼっちの家で、黙々と勉強をすることが好きな子どもなんているはずがない。

景はおそらく、勉強に逃げていたのだ。

振り払っても振り払っても隙間から忍び寄ってくる、孤独という悪魔から。

「母が帰ったあと、うつらうつらと少し眠って……確かあれは夜中だったと思う。目を覚ましたら、ベッドサイドに知らない男の人が座っていた」

「じゃあ、その人が？」

大きな深呼吸をひとつした後、景は「多分」と呟いた。

「確信はない。けど『景、景』と囁きながら、ぼくの頭を撫《な》でる手がとても温かくて……ぼくはその時、この人がぼくの父さんなんじゃないだろうかと思った。どうしてだかはわからないけれど……強くそう感じた」

「………」

「優しい手だった。目を開いたらいなくなってしまうような気がして、ずっと眠ったふりをしていた。でもどうしても我慢できなくて、うっすらと目を開けてみた」

景はそこでもう一度、ふぅっと短く息継ぎをした。

「暗くて、顔や姿形は見えなかった。でも腕に……ぼくを撫でてくれている右腕に……」

「痣があった？」

形の良い頭が、コクリと動く。洗いたての髪が、さらりと揺れた。

「あの、遺体の腕にあったのと同じような位置に、痣があった」

「形状も同じなんですか。色とか形とか」

「いや……右前腕だったことだけは覚えているが、あとのことは」

遺体の痣は、これといって特徴のあるものではなかった。直径二センチほどの楕円形で色は薄い茶色。凹凸はない。こんな痣を腕のどこかに持つ人間は、正直いくらでもいる。

「血液型は？　姫谷先生何型でしたっけ」

「AB。母はB型だ」

運ばれてきた遺体の血液型はA型だった。A型の父親とB型の母親なら、AB型の子どもが生まれてもおかしくはない。血液型に関しての矛盾はないが、それだけで親子と認定することは当然できない。

「親鑑やりましょうか」

こういう場合は親子鑑定をするのが最も確実だということくらい、景なら誰に言われなくともわかっているはずだ。ところが景は、おどおどと戸惑ったような視線を床に這《は》わせるばかりで、はっきりとした意思表示をしない。

あきらかに普段の彼ではなかった。

理論的で現実主義。憎らしいほど頭の切れる鑑定医、姫谷景はどこにもいない。

「わからないんだ。自分がどうしたいのか」

「………」

「この年になって、今さら父親が誰かなんて本当にどうでもいいことなのに、笹倉さんという人が自分の父親だったのかもしれないと思った途端、胸が苦しくなって、頭がごちゃごちゃになってしまって」

景は俯き、両手で頭を抱える。

自分の父親が誰なのかどうでもいいと、本気で思っているのだろうか。

「自分の気持ちがわからない。自分がどうしたいのかわからない。親鑑したいのかしたくないのか、真実を知りたいのか知りたくないのか……何もかもわからない」

「……姫谷先生」

「父は死んでなどいないと、ぼくは確信していた。けど父がどんな人なのか、どこに住んでいるのか、母はぼくに絶対に教えないだろうとわかっていたし、何より父に会いたくなどなかった」

「そんな……」

「嘘じゃない。会いたいと思ったことなど一度もなかった。だからぼくは、父はやっぱり月にいるのだと思うことにしたんだ。非科学的で非現実的だということは承知している。けど、どうせ会えないのなら、そういうことにしておいた方がずっとずっと楽だった」

景は気づいているのだろうか。『会いたくなどなかった』と言いながら、『どうせ会えないなら』と言うことの矛盾に。会えないのならいないと思った方が楽だということは、会いたいと言っていることに他ならないではないか。

おそらく嘘をついているわけではない。彼自身、心の奥底でずっと父親に会いたいと願っていたことに、今も気づいていないのだ。

どこかで生きているのに会えない父親。その居場所を教えない母親。その狭間《はざま》で景は、次第に家族に対する興味をなくし、自分自身への興味もなくしていった。心に麻酔をかけることで、襲ってくる淋しさから必死に逃れようとしていたのだ。

一種の自己防衛本能なのだろうが、そんな本能を働かせなければならなかった幼い景を思うと、悠月の胸は捩《ねじ》れるように痛んだ。

「きみが来てからだよ、天見くん」

「……俺、ですか」

頭を抱えたまま、景は唸るように「そうだ」と言った。

繊細な指先が、洗いたての柔らかい髪をぐしゃりと掴む。

「きみが研究室に来てからずっと、ぼくはどこかおかしい。変だ」

確かあの日も景はそんなことを言っていた。今まで自分に興味が持てないことで、不便や不満を感じたことはないのに、きみといるとそれじゃいけない気がしてくる。それはとても困るのだと。

「今までも倫子さんや岸川《きしかわ》さんに、食事はもう少しきちんととった方がいいと何度も言われた。ボタンをかけ違えやすいこともシャワーの後髪を乾かさないことも、石上先生や琉聖から何度も注意された。けどぼくは一向に気にならなかった。昼を食べなくても髪が濡れていても、ちっとも困らなかったから」

「……ええ」

「なのにきみに言われると、ひどく不安になる。責められているような気がして……ここらへんがザワザワと落ち着かなくなる」

俯いたまま景は、パジャマの左胸あたりを摑んだ。

「俺は別に、先生を責めるつもりなんて」

「わかっている。きみにそんなつもりはないことはわかっている。でも」

不意に景が顔を上げた。

その瞳が赤く潤んでいて、悠月は何ひとつ言葉を紡げなくなる。

「でもぼくの心には、きみの言葉だけが届く。心の奥の……一番深いところに、きみの声だけは届くんだ。どうしてなのか……全然わからないんだけど」

「……先生っ」

たまらず傍らの身体を引き寄せ、力いっぱい抱き締めた。

景は抵抗することなく、悠月の胸にその頬《ほお》を預けた。

「……すまない」

語尾が弱々しく震えている。

「どうして謝るんですか」

「きみの傍にいることが……辛い。自分が、どんどんつじつまの合わない人間になっていくような気がして、とても怖い」

絞り出すように吐き出された「辛い」のひと言が、胸に刺さる。

痛みを堪《こら》えながら悠月は、景の背中を優しく撫で、その髪にそっと唇を寄せた。

「俺だって、つじつまの合わないことだらけですよ」

たとえばこんなふうに、景を腕に抱いていること。

怖がられているとわかっているのに、離したくないと思ってしまうこと。

「昨日まで嫌いだったものが突然好きになったり、ずっと好きだったことが気づいたら苦手になっていたり……そんなこといくらでもあります。どっちが本当の自分かなんて、考える必要はない」

「…………」

「もしも、明日の朝目が覚めて、先生が急に『本当はずっとお父さんに会いたかった』と思ったとしても、それはちっとも変じゃないと……」

「ぼ、ぼくは、そんなっ」

腕に包まれたまま、景が身を捩《よじ》った。

「だから、たとえばの話です。明日の自分のことなんて誰にもわからない。長い間目を逸《そ》らしていたことに、いつ気がつくのか、気づこうとするか」

「ぼくは父親が欲しいなんて思ったことはない！　嘘じゃない！　どうしてきみは意地悪を言うんだ！」

負ったばかりの傷に塩を塗るようなことを言った自覚はある。けれどこの過程なくして、景が己の周囲に築いた分厚く高い壁をぶち壊すことは、不可能だと思った。

「わかっていますよ。先生は嘘なんてついていない」

「嘘はついてないけど、逃げていると思います。目を逸らしているように見えます。本当の自分の気持ちから」

「だったらどうして」

きつく睨《にら》み上げる瞳に、嚙みしめられた唇に、いっそ激しく口づけたいと思った。何もかも忘れさせるくらい、めちゃくちゃに抱いてしまいたい。

けれど、景はそれを望んではいない。

混乱した頭でここを訪ねてくれたことを特別なことだと思うのは、やはり思い上がりなのだろう。縦《よ》しんば自分が景にとって何らかの〝特別〟であったとしても、それがなんだというのだ。景の心に届く自分の声が、歓迎されているとは限らないのだ。

『きみといると、どうにも落ち着かない』

『きみの傍にいることが……辛い』

渦巻く言葉が、悠月の腕から力を奪った。

「意地悪に聞こえたら謝ります。すみませんでした」

景は答えない。ただじっと、泣き出しそうな顔で悠月の向こうの壁を睨んでいた。

「姫谷先生、今夜はもう休んでください」

景の肩に両手をかけ、悠月はゆっくりと身をひく。

真実がどこにあるのか、今のところ誰にもわからない。はっきりしているのは、景がいつになく混乱しているということだけだ。この世にはいないのだと無理矢理思い込んでいた父親と、同じ特徴を持つ遺体に突然遭遇したのだから、それも仕方のないことだろう。

「さっき倒れたばかりだし……いろいろ考えるのは明日にして、とにかく今夜は休んでください」

ね？　と顔を覗き込む。黒目がちに濡れた瞳はやはり、子どもの頃に拾った小動物のそれにとてもよく似ていた。

「やっぱり俺のベッド、使ってください」

「いや、ここでいい。ここが一番、眠れる」

「ソファーじゃ疲れが取れませんよ」

「ここがいい」

「姫谷先生」

「ここがいいんだ」

幼子のように頭を振る景に、悠月は苦笑する。

「ベッドの方がもっとよく眠れると思いますよ。ベッドもソファーと同じくらい安物のオンボロだから、絶対先生好みの寝心地です」

「でも」

「俺がソファーで寝ます。先生が呼ばない限り、寝室には絶対に入りませんから」

また何かされるのではと不安にさせてはいけないと思い、笑顔でそう告げた。

一瞬、景は困惑したような顔をする。

「天見くん、ぼくは」

「約束します。だから今夜は心配しないで、ゆっくり休んでください」

「そういうことを言っているんじゃ……」

まだ何か言いたそうだったが、結局景は促されるまま寝室に向かった。

弱々しくベッドに横たわった身体に、布団をかけてやる。

「おやすみなさい。それじゃ」

寝室の電気を落としてドアを閉めようとすると、薄闇の中から「待って」という声がした。

「どうかしましたか」

「……うん」

「あ、もしかして電気消さないで寝る人でした？」

「いや、そうじゃなくて……」

珍しく口ごもる景に、悠月はもう一度電気を点《つ》けようと壁のスイッチに手を伸ばした。

「点けなくていい」

「え？」

「ぼくは……ぼくはっ」

腕を伸ばしたまま、悠月は「ぼくは」の続きを待つ。

しかし薄暗がりから返ってきたのは、小さなため息ひとつ。

「……なんでもない。おやすみ」

悠月は、静かに寝室のドアを閉めた。


夜半。ふと人の気配を感じる。

「……先生？」

ソファーに横たわったまま声をかけると、壁際を動いていた影がビクリと止まった。

「もしかして、気分が悪いんですか」

起き上がろうとする悠月に、景は低い声で「違う」と答えた。

「……トイレだ。大丈夫だから、起きなくていい」

「……はい」

「いろいろ、ありがとう」

その穏やかな声に、悠月の心はひと時満たされる。

——ありがとう。

優しい言葉を胸に、もう一度深い眠りに落ちていった。

東の窓から射し込む光に目覚めた時、景の姿は寝室から消えていた。

「えっ？」

石上から突きつけられた言葉に、悠月は俯けていた顔を上げた。

「聞いていなかったのかい。姫谷くんから、しばらく休ませて欲しいという連絡があったと言ったんだ」

聞いていた。ちゃんと聞いていたが、俄には信じられなかったのだ。

「しばらくって、そんな、だって……いつですか」

「今朝早く、電話があった」

「理由はなんですか。まさかまた倒れたとか、具合が悪いとかですか？」

「さぁ、わからない」

「わからないって、そんな」

「それを聞きたいから、こうしてきみを呼び出したんじゃないか」

石上の尖《とが》ったため息は、机越しに真っ直ぐ悠月のところまで飛んできた。

「今、姫谷くんが突然休みを取る理由など、きみをおいて他にあるはずもないからね」

「…………」

はいと答えてもいいえと答えても、どのみち目の前の教授の神経を逆撫でることになるのだろう。悠月は金に値しない沈黙を選んだ。

朝七時半、そろそろ起こした方がいいだろうと思い、寝室のドアをノックしたが返事がない。そっとドアを開けると、ベッドに寝ていたはずの景がいなくなっていた。パジャマと布団はきちんと畳まれ、ベッドサイドに「自宅へ戻る」という短い書き置きがあった。

ひと言言ってくれればよかったのにとは思ったが、自宅へ戻って着替えをしたいのだろうと、その行動を不審には思わなかった。どうせ二時間もしないうちに、研究室で顔を合わせることになるのだと信じて疑わなかった。

ところが朝一番、石上に呼び出された。悠月が教授室のドアを閉めるなり、石上は盛大なしかめっ面で『姫谷くんが、今日からしばらくの間休むそうだ』と告げた。

悠月は自分の読みの浅さに臍《ほぞ》を噛む。

昨日の今日だ。理由は父親に関することか、健康面の問題か、あるいはやはり……。

じわりと嫌な汗が手のひらに浮かぶ。昨夜は逃げ出されるようなことをした覚えはないが、この間のことを思い出して突然一緒にいるのが怖くなった可能性は否定できない。

「何か心当たりはないのか」

「……ありません」

しばらく逡巡《しゅんじゅん》した後、悠月はぼそりと呟いた。石上はあからさまに信用ならないという顔で、フンッと鼻を鳴らす。きみがまた何かしたんじゃないのかと、胡乱《うろん》げな瞳が訴えていた。

「きみは、姫谷くんの事情をよく知っているんじゃないのかな。プライベートでも親しく会っているようだし」

「私は……何も」

「なにせきみには前科があるからね。しかも姫谷くんには近づかないと約束しなかった。まったくもって信用できない」

眇《すが》めた目の奥を光らせ、石上は後ろにふんぞり返る。

革製の古い椅子が、ギギッと鈍い音をたてて軋んだ。

「しばらくって、どれくらいなんでしょうか」

「さぁね」

「さぁねって……」

上司として、それはあまりに無責任ではないだろうか。

「無遅刻無欠勤で皆勤賞の姫谷くんが、どこへ行くとも、何をするとも告げずにいきなり休むなんて。こんなこと初めてだ。きみが来てから、どうも姫谷くんが落ち着きをなくしている気がするんだが……それともこれは、単なる私の思い過ごしなのかな？」

「…………」

答えない悠月に、石上の視線はますます鋭くなる。

「姫谷くんはね、私が誘ったんだよ。彼が大学五年の時だ。法医に来ないかい？　きみは基礎に向いていると思うよ、とね」

「そうだったんですか」

「たまたまその年、彼の母校での講義を頼まれていてね、その時に出会った。広い講堂に並ぶあまたの学生の中から、私は労することなく彼を見つけた。美しいものというのはどこにあっても美しい。光を放っているんだよ。そう……竹取りの翁《おきな》が竹藪《たけやぶ》で見つけた、光る竹のように」

懐かしむように語りながら、石上は腿《もも》の上で両手を組んだ。

「私の誘いに、姫谷くんは何と答えたと思う？」

「……さあ」

「別にいいですよ——初めて個人的に話しかけた私に対して、彼はそう答えたんだ。表情ひとつ変えずにね。自分は医者になりたいわけじゃない。たまたま学業成績が良くて、なんとなく医学部に入ってしまっただけだから、来て欲しいというならどこへでも行きます、とね」

姫谷景という男を端的に表しているような台詞だと、悠月は軽く眉間《みけん》に皺《しわ》を寄せる。

「なんとも思わなかったんですか？」

「ん？」

「姫谷先生の答えです。あまりにも哀しいじゃないですか」

「無論ひどく不安になった。だからこそ自分の傍に置いておきたくなったのさ。彼はね、昔も今もこの世のすべてのものに対して関心が薄い。どうせいつかは月に帰らなくてはならないからと、最初からすべてを諦めているような……そう、まさしくかぐや姫なんだ」

茶化しているわけでも、冗談を言っているわけでもなさそうだった。石上はおそらく景の心の空洞のようなものを、かぐや姫の哀しみに喩えているのだろう。

「単に投げやりな学生ならいくらでもいる。自分の成績に失望したり、思うままにならない現実に嫌気が差して自棄になったり。あの年頃の青年に苦悩や葛藤《かっとう》はつきものだからね。しかし姫谷くんの醸し出す空気は、そういう類《たぐい》のものではなかった」

悠月には、石上の言わんとしていることが何となくわかるような気がした。覇気がないとか無気力だとか、いじけているとかひがみっぽいとか、そういうタイプならクラスに必ず何人かいた。しかしひとりとして、景ほど不安を感じさせる者はいなかった。

「死んだ人間の方がまだ、何か言いたげだ」

「……え」

「長いことこういう仕事をしているとね、人の命の儚《はかな》さを感じない日はない。ほんの数時間前までごく普通の生活を送っていたであろう人間が、冷たい遺体となって運ばれてくる。物言わぬ彼らをじっと見つめるとね、ちゃんと答えてくれる。無念だった、もっと生きたかった。いや自分は満足だ。こうして死ぬことができてよかった——などとね」

「……ええ」

「姫谷くんはね、生きていながら儚いんだ」

「生きていながら、儚い？」

小首を傾《かし》げた悠月に、石上は小さく「そう」と頷いた。

「人は、痛みを痛みとして感じられるうちはまだ大丈夫だと私は思っている。けれども自分が傷ついたことに気づくことすらできない人間は、誰かが傍にいて守ってやらないといけない。そうは思わないかい？　天見くん」

石上は、悠月を正面からじっと見据えると、今までにない強い瞳で言った。

「姫谷くんは私が守る。今までもそうしてきた。これからもずっと、私が彼を守っていく」

「……石上先生」

庇護欲。そんな言葉が脳裏を過る。

石上の景に対する深い思い入れは、やはり琉聖のそれとは違ったようだ。

「そうだ、天見くん。きみは英語は得意だったね」

「……はい？」

突然の振りに目を瞬《しばた》かせる悠月の前で、石上は引き出しの中から見慣れないA４サイズの水色の封筒を取り出すと、おもむろに机の上に置いた。

こんな緊急時に、一体なんの話なのだろうと悠月は訝《いぶか》る。できることなら一刻も早くこの部屋を出て、景の無事を確認したいというのに。

「単刀直入に言おう。きみ、アメリカに行きなさい」

「——えっ？」

思いがけない言葉に、悠月は目を見開いた。

「先だって、あっちのメディカル・イグザミナー・オフィスにいる私の友人から、日本人の研修医をひとり推薦してくれないかと言われてね。こっちで言うところの監察医務院なんだが、実態は全然違う。人口百五十万人の郡で、発生する年間の異状死数はおよそ二千八百。年間法医解剖数は千六百だ。その中で犯罪死体は百八十体程度だそうだ」

「ちょ、ちょっと待ってください」

おそるおそる封筒を見下ろす。どうやら石上は本気らしい。

「ひとりしかいなかった日本人研修医が、先月日本に帰国してしまったらしくてね。誰かすぐに来られる代わりはいないかと電話があった。天見くん、きみ確か英語は堪能だったよね？」

「石上先生、私はっ」

「勉強になるぞ。願ってもない話だ。研修医は必ず毎日一体、指導医のもとに解剖を行い、レポートを作成する。日本では考えられない恵まれた研修環境だ。本来はきみのようなペーペーではなく、もう少し経験を積んだ人材を推薦すべきなのだろうけれど、きみは優秀だからね。特別だ」

石上は封筒を悠月の正面にスライドさせると、言った。

「きみがYESと言えば、この話は午後にも動き出す」

「待ってください」

条件や待遇は、確かに素晴らしい。しかし何をどう解釈しようとも、今このタイミングで持ち出されては、体《てい》のいい追い出しにしか思えない。石上の景に対する思いの深さは理解できなくもないが、だからといってこんなやり方はないだろう。

「少し考えさせていただけないでしょうか」

「いい話というのはね、大抵あまり猶予がないと相場は決まっている。できれば返事は一両日中に――」

「そんなっ」

飲み会の出欠じゃあるまいしと、悠月は眉根を寄せる。

「ありがたいお話だとは思いますが、今はちょっと」

背筋を伸ばしたまま告げると、石上は挑発的に口元を歪《ゆが》める。

「断るというのか」

「せっかくのお話ですが、申し訳ありません」

「きみは、姫谷くんに近づくなと警告した時も、できないと言ったね」

「はい」

「とことん私に逆らうつもりなんだな」

そう思いたいのなら思えばいい。研究室を追い出したいのなら追い出せばいい。

自分の将来よりも今は、景の無事を確認する方が優先だ。

「お話はそれだけでしょうか」

「それだけ、だと？」

「だったら失礼します」

くるりと向けた背中に、石上の声が飛ぶ。

「待ちなさい！」

「なんでしょうか」

「天見くん、きみ――もう一度結婚する気はないのか？」

背中から冷や水を浴びせられたように、悠月は立ち尽くす。

振り返ることもできず、静かに目を閉じた。

「……ご存じだったんですね」

「まぁね」

「申し訳ありません。お話しするべきかとも思ったんですが」

「自分からわざわざ言うようなことでもないだろう」

「…………」

隠していたわけではなかった。ただ、確かに言い出すには少し勇気がいる。悠月には離婚歴があった。

三年前、友人に誘われて初めてこの研究室を訪れる二カ月前のことだ。

彼女と知り合ったのは、大学五年に上がる直前の春だった。アルバイト先のビル管理会社の事務員で、年は悠月より三つ上。ふたりはすぐに親しくなり、さほど時を置かずに付き合いが始まった。ひとり暮らしだった悠月は次第に彼女のアパートに泊まることが多くなり、付き合い初めて一年が過ぎたある日、思いがけず彼女が妊娠した。

正直最初は信じられなかった。いつか彼女と結婚する日が来るのだろうかと、一度も考えなかったと言えば嘘になるが、まさかこんなに早くその時が来るとは思ってもみなかった。

どうしてだろう。きちんと避妊していたはずなのに。

一瞬、そんなことを考えてしまった自分を悠月は恥じる。

彼女は『お腹《なか》が大きくなる前に式を』と強く望んだので、慌ただしく式を挙げた。まだ学生ということで最初は渋っていた両親も、最後は『あなたがそれでいいのなら』と承諾してくれた。彼女の親も、悠月が医大生だとわかるや、態度を軟化させた。

勉強、実習、彼女、そして新たな生命。目が回りそうなほど忙しかったが、それでも充実した毎日だった。本当はもっと傍にいて欲しいのにという彼女の愚痴さえも、睦言のように感じられた。

ところがそんな幸せな日々は、長く続かない。彼女が流産してしまったのだ。

両手に荷物を抱えた状態で、玄関の段差に躓《つまず》いて転倒したのだ。買い物から帰ったところだったらしい。連絡を受けた悠月が、実習を放り出して病院に駆けつけた時にはすべての処置が終わり、彼女は紙のように白い顔でベッドに眠っていた。

出血がひどく、母体を助けるのが精一杯だったと担当の医師から告げられた。対面した小さな遺体は女の子で、手のひらに収まるくらいの大きさなのに、ちゃんと人間の形をしていた。つまようじのような指がきゅっと丸く握られているのを見て、悠月は人目を憚《はばか》らず号泣した。

妊娠十二週を過ぎていたため、死産届けを出し、火葬してもらった。ほどなく彼女は退院したが、アパートの小さな部屋には、以前とはあきらかに違う空気が流れていた。彼女も悠月も、はっきりとそれを感じていた。『あの時あなたがいてくれたら』という彼女の心の悲鳴が、毎日毎晩聞こえるような気がしてならなかった。

誰も悪くない。だけど赤ちゃんは死んでしまった。そんな理不尽な思いが、ふたりを無口にする。気分転換に外へ誘い出そうとしても、彼女は黙って首を振るだけだった。

やがて悠月は、彼女から衝撃の告白を受ける。

流産した胎児の父親は、悠月ではなかったのだ。悠月と出会う直前に別れた男からやり直そうと言い寄られ、一度だけ関係を持ったが、自分の気持ちはもう彼にはないと再認識し、彼とは二度と会わないと決意した。

ところがおよそひと月後、彼女は自分が妊娠していることを知る。

『ずっと騙《だま》していてごめんなさい。天罰が下ったんだと思う』

泣きながら彼女は離婚を申し出た。

悩んだ末悠月はそれに同意し、半年足らずの新婚生活が終わった。

景に出会う、二カ月前のことだった。

「彼女とのことは、きみの中でもう終わったことなのかな？」

「何をもって終わったとするのか、私には正直わかりません。忘れてはいけない過去なんだとは思っています、今でも」

血に染まった小さな指を思い出し、悠月はそっと瞳を伏せた。

「ただ……彼女との思い出に、もう未練はありません。遠い遠い昔の思い出です。今の俺にとって大切な人は、姫谷先生ひとりだけです」

ふうん、と石上がため息をつく。

「このことは、阿部先生からお聞きになられたんですね」

「阿部先生から？」

「違うんですか」

いや、と石上は首を振った。

「私は、もうずいぶん以前から知っていたよ。とかくこういう話は、誰からともなく耳に入るものだからね。風の噂《うわさ》というやつだ」

「……そうですか」

「どうして、阿部先生から聞いたと思ったんだい？」

悠月は琉聖が自分の身辺を調べていたことを話した。

「調査会社？　それは阿部先生もまた、血の気の多いことを」

やれやれというように苦笑を浮かべ、石上は自分で取り出した封筒を手にした。

「それじゃ、これは持っていかないつもりなんだね」

「はい。申し訳ありませんが」

「後悔しないな？」

「後悔しません」

「ファイナルアンサー？」

「ファイナルアンサーです」

悠月は静かに一礼をし、教授室を出た。

ともかく今は、景を捜さなくてはと思った。

解剖が入ったらすぐに連絡をくれるようにと倫子に言い残し、駐車場へ急いだ。普段より若干急発進急ハンドルの運転で向かった先は、景のマンションだ。エントランスのインターホンを押すが応答がない。仕方なくそのまま駐輪場に回ると、景の自転車はそこに置かれたままになっていた。

あれから景は、一度ここへ戻ったのだろうか。それとも悠月の部屋から直接どこかへ行ったのか。路駐した車に戻りながらあれこれ思考を巡らす。闇雲に車を走らせたところで、景を捜し出すことなどできないことはわかっていたが、じっとしてなどいられなかった。

しかしマンションを後にした悠月は、早々に途方に暮れる。景の私生活を、まったくと言っていいほど知らなかったことを、今さらながらに思い知らされた。

どうせ食事は適当なのだろうが、食材や弁当をどこで調達しているのか。コンビニか、スーパーか、それとも外食しているのか。服はどこで買っているのだろう。シンプルなデザインを好んで着ているようだが、お洒落《しゃれ》に興味があるようには見えない。洋服のブランドに疎い悠月には、メーカーの見当すらつかなかった。

それだけじゃない。

靴は？　美容院は？　自転車の修理は？

——何ひとつ知らない。

ハンドルを握りながら、悠月は唇を噛みしめる。

景が好きな映画も、テレビ番組も、音楽も、結局のところ何も知らないのだ。

不安と焦りと虚しさで胸を掻《か》きむしりたくなったが、市内をぐるぐると走り回り、数時間に一度景の部屋の呼び鈴を鳴らすことくらいしか、悠月にできることはなかった。

気づけば陽《ひ》はすっかり西に傾いていた。研究室に電話を入れると麻衣が出た。

今日は一件も解剖が入らなかったと聞きホッとする。戻らなくていいと言われたのに、どうしてだろう、なんとなくキャンパスへ戻ってきてしまった。多分そこだけが、景と自分を繋《つな》ぐ唯一の場所だからかもしれない。

「とりあえず態勢を立て直すかな」

およそ十時間、飲まず食わずで運転していた。

悠月は駐車場で車を降りると、景とランチをしたあのカフェへと向かった。

閉店間際の夕刻。いく分古びた扉を開けると、いつものように上質な豆の香りが鼻の奥を擽《くすぐ》った。店内に他に客はいない。

腹は究極に減っているが、食欲がまるでない。悠月はテーブル席ではなくカウンターに座り、当店自慢と書かれたスペシャルブレンドコーヒーを注文した。

マスターが背を向けると、杳《よう》としてわからない景の行き先に大きなため息が零れた。

一体今、どこで何をしているのか。何度かけても携帯は繋がらないし、メールの返信もない。当てもなく捜し回るのにも限界がある。そろそろ帰宅しているかもしれないし、ひと息ついたらもう一度マンションを訪ねてみようと思った。

「お待たせしました」

なんの飾りもない、白いカップとソーサーが静かに置かれる。

ひと口啜《すす》ると、芳醇な香りが疲れ果てた神経を優しく癒してくれた。

「……美味い」

顰《ひそ》めていた眉が思わず弛《ゆる》む。

ふと顔を上げると、カウンターの隅でこちらを見ているマスターと視線がぶつかった。

「あの……この間はどうも。鍵、拾ってくださって」

悠月は笑顔で軽く頭を下げた。マスターはほんの少し口元に笑みを浮かべ、たいしたことじゃないというように首を振ってみせた。

六十代くらいだろうか。はっきりと顔を見るのは二度目だが、鼻筋がすっととおった目のきれいな美男子だった。若い頃はきっとモテたに違いないなどと、つい余計な想像をしてしまうほど品のある顔立ちをしていた。

「今日は、おひとりなんですね」

「え？」

「あっ、いえ……すみません」

余計なことを言ってしまったと思ったのか、彼は顔を伏せ、そわそわと洗い物を始める。

今日は、というのは景を意識しての発言なのだろう。

「鍵のこと、今度お会いしたら、ちゃんとお礼を言いたいって言っていました」

今度はマスターが「えっ？」と声をあげた。よほど驚いたのか手を滑らせ、皿を洗い桶《おけ》に落としてしまった。静かな店内に、陶器がぶつかるガチャンという音が響く。

「あぁ……やっちゃった」

「だ、大丈夫ですか」

「大丈夫です。割れてはいませんから。それよりお湯がかかりませんでしたか？」

「いえ、俺は平気ですけど」

マスターのシャツの袖が濡れていた。

「あはは……なんでしょね、子どもみたいなことを」

中途半端に捲っていた長袖シャツの袖を、肘の上まで捲り上げ、マスターは恥ずかしそうに頭を掻いた。

「わりとね、そそっかしいんですよ、私」

一枚一枚丁寧に皿をすすぐ様子は、そそっかしそうには見えなかった。どちらかといえば優しげで、穏やかな雰囲気を纏っている。仕草だって年相応に落ち着いて見える。

何を突然慌てたのだろう。

悠月は見るともなしに、彼の手の動きを目で追った。

「洗い物はね、嫌いじゃないんですよ。コーヒーを淹れるのの次に好きな仕事なんです。棚にぴかぴかのカップが並ぶと、なんか幸せな気持ちになります」

「……ええ」

悠月に向けてと言うよりは、どこかひとり言のように呟きながらマスターは手を動かす。

その腕の一点にふと視線を移した瞬間、悠月の目に思いがけないものが飛び込んで来た。

捲り上げたシャツの袖口から伸びる腕を、悠月は思わず凝視する。

――まさか……そんなこと。

つじつまは合うだろうか。

いや、あまりに条件が少なすぎる。

だけど、考えられないことではない。可能性は充分にある。

けど、でも。

「あの」

躊躇《ためら》いながら、声をかける。

「はい?」

洗い物を終えたマスターが、ゆっくりと顔を上げた。

「あの、もし私の勘違いだったら申し訳ありません」

「ええ。何でしょう」

「もしかして、この間私と一緒に来た人なんですけど。鍵、落とした」

マスターの動きが、ピタリと止まった。

「ご存じなんですか？」

「…………」

「ご存じなんですね」

「…………」

返事はない。

それはおそらく、悠月のカンが外れていないということを意味する。

「姫谷景って、言うんですけど」

悠月の問いかけにマスターは目を伏せ、深く吸い込んだ息をゆっくりと吐き出す。

そして、静かな声で言った。

「表、閉めてきますね」

ふたりで二時間以上話し込んだだろうか、互いのアドレスを交換して店を出た。

悠月はキャンパスの裏門から、真っ直ぐ駐車場へと向かった。

時刻は午後九時。外灯の明かりで伸びた、自分の影が長い。

近いうちに三人で会うことができたらどんなにいいだろうと思う。しかしそれには、難易度の高い多くのハードルをクリアしなければならない。景に『傍にいると辛い』とまで言われ、このまま研究室に在籍することすら怪しくなってきた自分に、一体どれほどのことができるのか。正直なところ自信はまるでなかった。

このままでいいはずはない。

けれど真実がいつも、人を幸せにするとは限らない。

自分はどうするべきなのか。何をするのが正しいのか。何が景のためなのか。

出口のない思考を巡らせながら、駐車場への小道を歩く途中、悠月はふと足を止めた。どこからか小さな声が聞こえたような気がしたのだ。慌てて周囲を見回すが、近くにも遠くにも人影はない。心許ない外灯の明かりを頼りに、悠月はもう一度目を凝らしてぐるりと辺りを見渡す。

気のせいだろうか。そもそもこの時間、大学祭の時期でもなければキャンパス内にはほとんど人はいない。数十メートル先に見える駐車場も、残っている車は数台だ。

空耳かと、悠月はふたたび歩き出す。

とその時、茂みの方からガサリと音がした。

今度こそはっきりと聞こえた。絶対に聞き違いなどではない。先週景に無体を働いてしまった、あの東屋《あずまや》の方角だ。

外灯の明かりに、六角形の輪郭が照らし出されている。悠月は息を殺し、少し湿った落ち葉を一歩一歩踏みしめながらゆっくりと近づいていった。そして東屋の中をおそるおそる覗き込んでみると……。

「ひ、姫谷先生？」

うす暗い東屋の中、あの時と同じ位置に腰かけ、蹲るように膝を抱くその影に悠月は思わず声を裏返す。

「ど、どうしてこんなところに」

膝に埋めた顔を覗き込もうとすると、景は観念したようにゆっくりと身体を起こす。

どんなに捜したと思っているんですか。なんで急に仕事休むんですか。ってか、今日一日どこに行っていたんです。こんな時間にこんなところで一体何してたんです——数え切れないほどの質問が胸に渦巻く。

「具合、悪いんですか？」

最初に口を突いたのは、結局それだった。暗くて顔色まではうかがえない。

「……いや」

俯いたまま、景が首を横に振る。上着を脱ぎ、長袖シャツ一枚の景の背中に被《かぶ》せようとしたが、景はそれを手で押し返してきた。

「いらない」

「いらなくないでしょ。こんな薄着で」

昼夜の温度差が激しいこの季節、コットンシャツ一枚でいられるのはせいぜい日没までだ。

「寒くない」

「嘘ばっかり」

「嘘じゃない。全然寒くない。こんなものいらない」

「こんなものって……あのねぇ、先生」

悠月はため息をつきながら、景の頬に手のひらを当てる。また何かされると思ったのか、ビクリと身体を硬直させるのがわかった。

「こんなに冷たいのに、何が『寒くない』ですか」

「…………」

「いいからほら、着てください」

「…………」

「誓って何もしませんから、そんなに緊張しないでください」

「ぼ、ぼくは、そんなこと何もっ」

驚いたように景が顔を上げる。

悠月はその隙に、すっかり冷たくなった肩を素早くジャケットで包んだ。

「行きましょう。送って行きます」

「お、送るって、どこへ」

「先生の家に決まってるじゃないですか」

二の腕を軽く摑んで立ち上がらせようとすると、景は肩を回して悠月の手を振り払った。

どうやらまだここにいるつもりらしい。

「何してるんですか。早く車に行きましょう。もうこんな時間……」

「帰らない」

もう一度背中に手を回すと、景は悠月を睨み上げるように言った。

「い、家に帰りたくないから、寒いのを我慢してここにいるんじゃないか。余計なことしないでくれ」

「……先生」

やっぱり寒いんじゃないかというツッコミは、辛うじて飲み込む。

「ぼくはまだここにいたい」

「…………」

「別に送ってくれなくて結構だから、きみひとりで帰ってくれ」

言うなり景はプイッと横を向いてしまった。これではまるで、登園拒否の幼稚園児だ。

悠月は今日何度目とも知れないため息を、夜空に向かって盛大に吐き出す。

「そうですか。別にいいですよ。先生がそこまで言うなら、俺ひとりで帰ります」

「ああ、そうしてくれ」

「その代わり、ちゃんとひとりで帰ってきてくださいね。帰ってくるまで俺、先生のマンションの前でずーっと待ってますから」

負けじと睨み返すと、景の瞳の奥が揺れる。

「そ、そんなこと……」

「待つのは俺の勝手でしょ。早く帰って来てなんて言いませんから、どうぞお好きなだけこの薄暗い東屋にひとりぼっちで座っててください。俺は何時間でも、明日の朝までだって待ってますから。それじゃ」

悠月はそう言って景に背を向け、ドスドスと大股《おおまた》で歩き出した。

「あっ、天見くん、待って」

三歩進んで足を止める。

「なんですか」

「そんなことしたら、風邪ひく……だろ」

「誰がです」

「きみがだ」

「………」

もう一体どうすればいいのか。

周囲に人がいないのをいいことに、悠月は振り返るなり大声を張り上げた。

「あのねぇ、俺が風邪ひく前に先生がひいちゃうでしょ！　また倒れたりしたらどうするつもりなんですか！」

まさか怒鳴られるとは思っていなかったのだろう、景はヒッと亀の子のように首を竦《すく》めた。

「明日も明後日《あさって》もどうせ仕事休むんだから、どうでもいいとでも思ってるんですか」

「……え？」

「突然休むのも自分の勝手なら、風邪ひくのも自分の勝手ですか。姫谷先生がこんなに自分勝手な人だとは思っていませんでした。見損ないましたよ」

「ちょ、ちょっと待て、ぼくがいつ…」

「そんなに何かされるのが心配なんですか」

「違う、そうじゃない」

わかっている。勝手なのは自分の方だ。景の言い訳を遮ってまで伝えたいのはこんなことじゃないはずなのに、口を突くのは子どもじみた皮肉ばかりで。

「ぼ、ぼくはそんなことひと言も…」

「いいんですよ。あんなことされて、俺の車に乗りたくない気持ちはわかりますから」

「そうじゃないと言ってるだろ！」

突然立ち上がり、今度は景が怒鳴る。

先刻の悠月よりも大きな声が周囲に響き渡った。

「ぼくがいつ、きみの車に乗るのが嫌だと言った」

「今、そう言ったじゃないですか」

「だからそれは、車が嫌なんじゃなくて、自分の家に帰りたくないだけで……」

景は俯き、唇を噛みしめた。

こんな顔をさせるために、書きかけのレポートを放り出して一日捜し回っていたわけじゃないのに。胸いっぱいに苦いものが広がる。

「先生が俺を心配してくれるように、俺だって先生のことが心配なんです」

「わかっている」

「だったら！」

「だけど！」

ふたりの声が重なる。

永遠とも思えるほど長い沈黙の後、先に口を開いたのは景だった。

「だけど、ぼくがきみを思う気持ちときみがぼくを思う気持ちは、似ているようで——違う」

言い終えると同時に、景が躊躇いがちに顔を上げた。

その瞳から、大粒の涙がほろりと零れ落ちる。

「全然……違うんだ」

「――先生」

泣きながら、残酷なことを言う。

当然の報いだとわかっていても、見えない刃は胸に痛い。

どうしてあのまま無視し続けてくれなかったのか。なぜ急に訪ねてきたりしたのか。

あんな優しい声で『ありがとう』なんて言われたら、いつまでたっても気持ちの整理がつけられない。

『愛だとか恋だとかいう形のないものを信じようとすることに無理があるのだと、気づいていない人間が多すぎる』

あの日の言葉が、ここぞとばかりに蘇《よみがえ》る。確かに景の言うとおりかもしれない。形のないものを信じることの恐ろしさなんて、本当はとうに知っていた。嫌というほど。

「わかりました。帰ります。邪魔してすみませんでした」

悠月は深々と一礼し、東屋を後にした。

わかっているのだ。景は迷子の小動物ではない。飼い主に捨てられた犬でも、病気で死にかけている猫でもない。ずぶ濡れになって道端に蹲っている彼を助けることができるのは、きっと自分ではない。

虚しさと切なさに押し潰されそうになりながら、車のドアに手をかける。冷静に運転する自信がなくて、ポケットの煙草を取り出した。

ドアに背中を預け、白煙の行方を目で追う。風が少しある。

夜空に浮かぶ満月に、手が届きそうな気がした。

「かぐや姫……か」

一本吸い終え、ため息をつきつつ二本目に指をかけたその時。

駐車場の入り口からこちらに向かって歩いてくる人影が見えた。

「……姫谷先生」

ゆっくりと近づいてきた景は、悠月の右側、後部座席のドアに凭《もた》れかかる。

「今日、実家に行ってきた」

思いがけない告白に、悠月は思わず斜めに身を乗り出した。

「七年……八年ぶりだったかな。母に会ってきた」

夜風に前髪をさらりと揺らし、景はそっと目を閉じた。

「そうだったんですか」

「突然休んで申し訳なかった。でも休みを取ったのは今日一日だけだ。きみはさっき妙なことを言っていたが、明日明後日まで休むなんて、ぼくはひと言も言っていない」

「でも——あっ」

脳裏に、神妙ぶった石上の顔が浮かぶ。

——あっの、タヌキジジイ。

悠月は心の中で思い切り舌打ちをした。

八年ぶりに実家を訪れた息子に、母親は最初とても驚いたという。しばしば連絡を取り合っていたならともかく、声を聞くのも八年ぶりだったというのだから当然のことだろう。ひとしきり驚いて、次に彼女はいきなり景を抱き締めた。静かに涙を流しながら『元気だったのね。よかった』と、何度も繰り返したという。

「しばらく会わない間にずいぶん年を取っていて……来年還暦だから当たり前なんだが、ちょっと驚いた。それから——」

景はひとつ、大きな深呼吸をした。

「父じゃなかったよ」

「え？」

「あのご遺体……笹倉さんという男性、ぼくの父じゃないそうだ」

「お母さんが、そう？」

景はこくりと頷く。

「結婚を目前にして、父の実家が経営していた会社が破綻した。すでに役員になっていた父も多額の負債を背負ってしまった。破談は、父から言い出したそうだ。二度とあなたの前には現れないと言い残して、父は母の元を去った」

「じゃあその時……」

「ああ。母のお腹には、ぼくがいた。母はそれを父に黙っていた。父は、あの事故で新聞に載ったぼくの名前を偶然見て、自分に息子がいたことを初めて知った。姫谷なんてそうある苗字《みょうじ》じゃないし、年齢的にも齟齬《そご》がない」

「…………」

「病院に駆けつけて、父は母を問いつめたけど、母は認めなかった。景は自分の息子だ、自分ひとりで産んだ命より大事な息子だ。父親なんかいなくてもひとりで立派に育て上げてみせると啖呵《たんか》を切って、父を追い返したそうだ。追い返された父は、仕方なく夜にこっそりぼくの病室に忍び込んだ——」

時折満月を見上げる景の表情が、次第に和らいでくるのがわかった。

「女手ひとつで子どもを育てるのは、大変だったでしょうね」

「母の両親は早くに亡くなっていたからね。頼るところはなかった。父親がいないことをハンディにしないようにと思うあまり、働いて働いて……気がついたら働きすぎて、結局ぼくとの間に溝ができてしまった。どうしようもなく不器用な人なんだよね、母も」

母も、と景は言った。

景自身、器用な生き方ができないことを自覚しているのだろう。

時々は息子に会わせて欲しいと懇願する恋人を、にべもなく追い返した当時を振り返り、母親はこう言ったという。

『意地になっていたの。すべてはあなたのためと思っていたけれど、結局あなたの気持ちを傷つけていたのね。ごめんなさい』

「お昼にそうめんをご馳走《ちそう》になった。昔、風邪をひいて食欲がない時に、母はよく温かいそうめんを作ってくれた」

「美味《おい》しかったですか？」

訊くまでもないと思いながら、それでも尋ねずにはいられなかった。

「ああ。とても」

「そうですか……よかった。本当に」

こんな柔らかい景の横顔を、悠月は知らない。胸に温かいものが満ちてゆく。不器用な母子が向かい合い、言葉少なにそうめんをする。傍目《はため》で見るよりずっと、温かで充実した時間だったに違いない。

「きみのお陰だよ、天見くん」

「俺は、別に何も」

「いや、きみのお陰だ。ぼくは確かに逃げていたんだ。父親がいない、母親に振り向いてもらえない、そんな淋しさから必死に逃げていた」

「……ええ」

「あの時きみが教えてくれなかったら、ぼくはまだ、自分の本当の気持ちを認めることができなかったと思う」

「……そんな」

「ありがとう。感謝している」

自分に向けられたまっすぐな瞳が、くすぐったいほど嬉しい。その気持ちに嘘偽りはない。けれど悠月はそのあまりにも澄んだ瞳に、安堵と苦さが入り混じり合ったなんとも複雑な気持ちになってしまうのだ。

――――だって矛盾だらけだ。

突然訪ねてきたと思えば、同じくらい突然いなくなる。互いを思う気持ちが違うと言いながら、わざわざひとりでこの場所にいる。自分がイタズラをしかけた、その場所に。

「だったら……どうして今朝、黙っていなくなっちゃったんですか」

追えば逃げる。手を伸ばせば躱《かわ》される。この手に摑んだかと思う間もなく、指の間からはらはらと零れ落ちる願いに、悠月の胸は鈍く痛んだ。

「いきなりいなくなられて、俺、完全に嫌われたんだと思っていました」

「あれはっ」

「まぁあんなことしたんだから、当然だと思ってますけど」

「だからそれはっ…」

「お父さんの件で動揺して、俺のマンションに行ってはみたものの、やっぱりあんなことした男と一緒にいるのが嫌になって、それで……」

「違う！」

景が首を左右に振りながら叫んだ。

「天見くん、違うんだ」

「じゃあどうして！」

「だって、あの時琉聖が――」

言いかけて、景は慌てて口を噤んだ。

「阿部先生がどうかしたんですか？」

「…………」

「阿部先生に、何か言われたんですね？」

「……」

「姫谷先生、ちゃんと答えて！」

泣き出しそうな顔で目を逸らす景の両肩を、強く摑んで揺すぶる。溢《あふ》れ出してしまった感情を止めることは、もうできそうになかった。

「阿部先生が、何を言ったんですか」

「メールが……」

「メール？」

「昨夜遅く琉聖からメールがあったんだ。『天見には離婚歴がある』って」

景の肩を摑んだまま、悠月は一瞬動けなくなる。

離婚のことは、いずれ折を見て話すつもりだった。隠していたわけではないが、このタイミングで景に知られてしまうとは、さすがに予想していなかった。

「本当なのか」

「ええ……本当です」

三年前の顚末《てんまつ》をかいつまんで話すと、景はみるみる表情を曇らせ、そのままがっくりとうな垂れてしまった。心なしか肩が震えている。

「すみません。いつか話すつもりだったんですけど」

「……いや」

俯いたまま、景が小さく首を振る。

「ぼくの方こそ、黙って出てきてしまってすまなかったと思っている。『お前がどれほど天見を好きになっても、あいつはお前を好きになどならない。あいつはゲイじゃない。あいつが好きになるのは女だ。だから無駄だ。不毛だ。諦めろ』——そんな内容のメールを読んで、朝、きみと顔を合わすのが辛くなってしまった。それで気がついたら……」

「ちょ、ちょっと待ってください」

悠月は思わず腰を屈《かが》め、俯く景の顔を覗き込んだ。

「い、今、なんて？」

「だから、黙って出てきて悪かったと」

「その後です」

「だから、琉聖のメールを読んで――……あっ」

しまった、という目をして景が顔を上げた。

「好き？」

「そ、それは、そうじゃ……なくて」

「好きになってもって、今言った？」

「――っ」

呆然《ぼうぜん》とする悠月の手を薙《な》ぎ払い、景が身を翻す。

「待って！」

横から羽交い締めにすると、細い身体が腕から逃れようと必死にもがく。

「は、離せっ！」

「どこに行くつもりですか」

「帰るっ」

「帰りたくないって言ったくせに」

「そ、れは――あ……んっ」

まだ何か言いたげな唇を、押さえつけるように塞《ふさ》いだ。

「っん、ん……や、めっ……ンッ！」

塞ぎながら上半身をボンネットに押し倒し、頭上で両手を拘束する。歯列を割って舌を吸い上げると、打ち上げられた魚のように景の腰が跳ねた。

「ンッ……っく」

嫌われたとばかり思っていたのに。

こんな乱暴なキスに、景はちゃんと感じているではないか。

今まで気づかなかった自分の鈍さとバカさ加減に、悠月の脳はぐらぐらと煮えた。

「いつから？」

二ミリだけ、唇を離して尋ねた。

「いつ、からっ……て？」

すっかり上気した声が、尋ね返してくる。

「俺のこと、いつ好きになったんですか」

至近距離からの直球に、景はプイッと横を向いてしまった。ピンクに染まった耳朶《じだ》を、甘噛みしながらもう一度訊く。

「ねぇ、答えてください先生。いつ好きになったの？」

「あぁ……あっ、耳、や、っめ……」

「答えて」

「わかっ……ない……アッ、ん」

「気づかないうちに、ってことですか？」

「し……しら、ない……や、めろ、あぁぁっ」

耳の穴に舌を挿し込むと、首筋のうぶ毛がざわりと立ち上がる。

「耳、やっ……」

「すごく感じるみたいですね、耳」

「やめっ……あ、っん……ふっ」

耳朶から首筋、顎《あご》の下まで、ねっとりと舌を這わせる。淫猥《いんわい》な舌の愛撫《あいぶ》に、景の身体からは完全に力が抜けた。

「ちゃんと言ってください、先生」

「……な、にを」

「俺にこういうことされるの、嫌ですか？」

「……そんな、こと」

「先生の気持ち、ちゃんと聞かなきゃ、この先をしてあげられない」

「この……先？」

この間のように、無理矢理組み伏せるのはもう嫌だ。

お互いの気持ちを、包み隠さず確かめ合いたい。

「先生がちゃんと言ってくれないと、俺————……ん？」

景の、少し硬くなりかけた部分に触れた時だ。悠月は妙なことに気づく。

「せ、先生、ここ、なんで……？」

景のズボンのファスナーが開いている。それだけではない。よく見るとフックまで外れた状態なのだ。薄暗かった上にベルトがきちんと締められていたので、今の今まで気づかなかった。

「それは、そのっ……さっきトイレで、忘れて」

「フックも外れていますけど」

「だ、だから、おっ、大きい方を……して」

「穴の位置、いつものところと違うところですよ」

ベルトが普段よりかなり緩めに締められていることを指摘すると、ボンネットの上の景は身を捩って逃げだそうとした。悠月はそれをすかさず押さえつける。

「ねえ先生、訊いてもいいですか」

「ダメだ！　ダメだ、ダメだ」

景がぶんぶん首を振った。

「何を訊くのか、まだ言ってないのに」

「何を訊かれても、答えるつもりはない！　訊くだけ無駄だ」

全力で拒否され、悠月は思わず苦笑する。

あまりの必死さがこの状況を肯定してしまっていることに、景は気づいていない。

「わかりました。じゃ、場所を変えましょう」

「えっ」

「大丈夫、先生が自分から白状したくなるところへ移動するだけですから」

「ぼ、ぼくは……何も」

一体どこへ連れて行かれるのかと不安に揺れる瞳に、悠月はにっこりと笑いかける。

「何も心配いりませんよ。あぁでも……心配はいりませんけど、一応覚悟はしておいてください ね、いろいろと」

「なっ……」

悠月は口をパクパクさせるばかりの景をゆっくりと抱き起こすと、有無を言わさず助手席に放り込んだ。もう遠慮などひとつもいらないと思った。

ここへ来るのは三度目だというのに、景はエレベーターの乗り降りに躊躇い、玄関を入るのを躊躇い、靴を脱ぐのを躊躇い――文字通り悠月に引き摺られ、ようやくリビングの入り口に辿《たど》り着いた。

「どうしたんですか。そんなところに突っ立って」

「…………」

「お気に入りなんでしょ、このソファー。早く座ってください」

先に座った悠月が傍らのスペースを平手で叩くと、景は戸惑ったように、床に壁にとおぼつかない視線をうろつかせる。

「……平気なのか」

「え？」

「本当に、いいのか」

「何がです」

「だから、ぼくは……その」

とてつもない歯切れの悪さで、何度も下唇を嚙む景。仕事の話をする彼とは、まるで別人のような、おどおどと自信なさげな声色《こわいろ》だった。

「このソファーに、座っても……いいのか」

「はい？」

「だから、きみにだって、その、結婚生活の思い出とか……そういうのが、あるだろ」

「姫谷先生……」

ああ、そういうことだったのかと、悠月はようやく合点がいった。脳内でこんがらがっていた何本もの糸が、景のひと言で一気にはらりと解《ほぐ》れた気がした。

「だから今朝、黙って出ていったんですね」

形のいい頭がこくりと頷くのを見て、悠月は不意に泣きたいほどの愛《いと》おしさを覚える。

「彼女とは離婚が成立してから会っていません。それにここは、離婚してから借りた部屋ですから、彼女は一度も来たことないんです」

ハッと景が顔を上げた。

「このソファーも、昨夜先生が寝たベッドも、この部屋を借りる時に俺がひとりで買ったものです。結婚の時にふたりで揃えた家具は全部彼女にあげちゃったし、当時の俺は今にも増して壮絶に金がなくて、だからここにある家具類は、みんな中古の超安物なんですけどね」

安堵にほんの少し羞恥《しゅうち》が入り混じった複雑な表情で、景は「そうだったのか」と小さく言った。

「彼女のことは好きでした。結婚したことを後悔はしていない。でも、離婚を選んだことも後悔していません。それもこれも全部運命……なんて言うと言い訳みたいで嫌なんですけど、人間の力の及ばないところって、絶対にあると思うんです」

出会いや別れ、すべてをコントロールできると考えるのは、多分人間の傲慢《ごうまん》だ。彼女と別れてから、悠月はそう思うようになった。

「けど、きみはゲイじゃない。ストレートの男でも、時には同じ男に興味を持つことがあるけれど、それは一時の気の迷いで、必ず最後は女に戻っていく」

「……って、阿部先生が？」

「うん」

ふたたび床に視線を落とす景に、悠月はこめかみを押さえため息をついた。

『ぼくがきみを思う気持ちときみがぼくを思う気持ちは、似ているようで——違う』

そう言って、景は泣いた。

悠月は涙の理由を、完全に勘違いしていた。

「姫谷先生」

立ち上がり、一歩二歩と近づく。

顔を上げようとしない景を、正面からふんわり抱き竦めた。

「好きです」

「…………」

「大好きです。俺、先生のこと、めちゃくちゃ好きです」

琉聖や石上の、あれほどあからさまな愛情表現にも気づかなかったのだ。曲解のしようのないくらい、はっきり言った方がいいと思った。

「俺は確かに、阿部先生の言う通り同性に惚れたのは初めてで……どうしてなのかとか全然わからないんだけど、好きになっちゃったんだからどうしようもないんです。自分の気持ちに嘘なんてつけないし、つく気もないから」

「……天見くん」

「男を好きになった理由なんかわからない。知らない。でも、誰かを好きになるのに理由なんていらないんじゃないかな。俺は姫谷先生が好き。それだけじゃダメですか？」

「…………」

「ダメなんですか？　姫谷先生」

解剖室では神がかりな動きをする景の指。

その繊細な十本が、悠月のシャツをぎゅっと握りしめる。

「ダメじゃ、ない」

「先生こそどうなんですか？　恋愛なんてしない、興味もないって断言していましたよね。今でもそうなんですか？」

ふるふると、頭が揺れる。

昨夜悠月がドライヤーで乾かしてやった時と、同じ匂いがした。

「琉聖からメールが来て……自分は今、きみが誰かと一緒に寝たベッドにいるんだと思ったら……たまらなかった。胃がせり上がってくるような、胸の奥が締め付けられるような感覚に苛《さいな》まれて……本当に、心臓がおかしくなったんじゃないかというほど、苦しかった。辛かった」

悠月の胸に額を押し当て、ぽつりぽつりと景が告白する。

「結局ベッドから抜け出して……明け方の道路を歩きながら、これが嫉妬《しっと》というものなのだと気づいたら余計に辛くなった。きみの奥さんだった女性への嫉妬と……きみがこれから好きになる女性への嫉妬だ。くだらないヤキモチだ」

「……先生」

「こんな感情がきみに知れたら、嫌われると思った。何よりそれが一番……怖かった」

「俺が、先生を嫌いになるはず――」

ないでしょ、と囁くのと同時に唇を重ねた。

腕の中で細い身体がクンッと撓《しな》り、やがてふたりの間のわずかな隙間が消えた。

「……っん……っ」

冷えた頬を両手で挟み込み、唇ごと貪《むさぼ》るように舌を吸った。追いかける舌と逃げ惑う舌は、狭い口内で絡み合い、もつれ合い、やがて互いの体温になってゆく。

激しい口づけに息を上げる景を、ソファーに押し倒した。首筋に軽く歯を当てると「アッ……」と濡れた声が漏れる。

「ねえ、先生」

「なん、だ」

「そろそろ教えてくださいよ。さっきあの東屋で、何していたのか」

「っ！」

起き上がって脱走しようとするのを、全力で阻止した。

「離、せっ」

「暗がりで、ズボンのファスナー下げて、何してたんです？」

「ななっ、なに、も…」

「誰かに見られたら、どうするつもりだったんですか」

シャツのボタンを外しながら、じりじりと追いつめる。

答えはわかっている。景が、恥ずかしくてとても口にできないでいることも。

「言ってよ、先生」

シャツの前立てを乱暴に開き、白い胸にぷっつりと載った蕾《つぼみ》を、舌先で突く。くちゅっと音を立てて吸い上げると、喉元から泣き声のような細い悲鳴が零れた。

「あぁっ……ん」

「言って」

「さわっ、てた」

「どこを？」

「……ここ」

震える指で、景は自分の股間《こかん》を指す。

「どうしてそんなところ、触ってたんですか」

「あぁ……あっ、や……ん」

舌先で転がしたり軽く噛んだりするうち、小さな蕾はきゅんと凝って硬さを増す。それとは反比例するように、景の声は甘く蕩《とろ》けるような柔らかさに変化していった。

「やん、じゃなくてちゃんと答えてください」

「……きなかった、から」

「え？　聞こえない」

「我慢、できなかった、んだ……きみに、また、ここを、触って欲しくて」

「俺に触って欲しかったの？　どうして？」

「あぁ……そこ、や、めて」

自分の中にこんな嗜虐《しぎゃく》性が潜んでいたとは気づかなかった。言葉で責める快感に目覚めたことを、悠月は今はっきりと自覚した。

「乳首舐めただけなのに、先生のここ、もう硬い。勃《た》ってる」

膝頭でぐりぐり押さえつける。

なる。

「ね、どうして触って欲しかったの？」

羞恥に染まった目元に、涙まで浮かべる景が可愛《かわい》くて、愛しくて、もっともっと苛《いじ》めたくなる。

「……き、だから」

「聞こえない。はっきり言って」

「好き、だから。天見くんが、好きだからっ」

「また触って欲しくて、我慢できなくて、自分でしようとしたんですね？」

コクコクと、景は何度も頷いた。きゅっと閉じた眦《まなじり》から、涙がひと筋伝って落ちる。

喘《あえ》ぐように掠《かす》れた「好き」が、辛うじて残っていた理性の砦《とりで》をガラガラと崩壊させた。

「ダメじゃないですか、あんなところでオナニーなんて」

「……っ！」

わざと直接的な言葉で煽《あお》る。

「まさか妄想の中で、俺を裸にしたりしてないでしょうね」

「そっ……」

「したんですか？」

「……」

「したんですね？」

「ご……めん」

消え入りそうな声が、悠月の劣情をさらに煽った。

「いいですよ。俺の裸で抜きたいんなら、見せてあげます」

「えっ？」

「俺の裸、オカズにしてたんでしょ？」

「オ、オカズ？」

俗っぽい言葉を、多分景は本当に知らないのだろう。迷子の子どものように、潤んだ瞳をひたすら瞬かせている。

「さっきの続き、ここでしてみせてください」

言うなり悠月は立ち上がり、身につけているすべての衣服を脱いで次々と床に投げ捨てた。

「あ、天見くん、ちょっ、まっ」

「ほら、見て」

「なん――――うわっ」

呆然とする景の前に、仁王立ちになってみせた。半勃ちというより、ほぼ完全に近いところまで勃起した悠月の中心に、景の視線が釘《くぎ》付けになる。

「これが俺ですよ、姫谷先生。先生の乳首舐めただけで、こんなになっちゃう」

悠月は、景の鼻先まで己の猛《たけ》りを近づけた。

「先生のも見たい。見せて」

「……え」

「俺も脱いだんだから、先生も全部脱いでください」

仰向けの景の腕を引き、ゆっくりと立ち上がらせた。シャツの袖《そで》から腕を抜き、おずおずとズボンを下ろす様子に、喉がゴクリと生々しい音をたてる。

最後のボクサーショーツがつま先に引っかかり、片足の景がバランスを崩す。

「あっ……」

「おっと」

抱きとめた悠月が下敷きになる形で、ふたりはふたたびソファーに腰を下ろす。

後ろから抱き竦めると、景の体温が上がった気がした。

「ここで見ててあげるから、ひとりでしてみせてください」

「……でも」

「ほら、早く」

白く滑《なめ》らかな胸や腹に手のひらで円を描くと、景は「…んっ」と甘い吐息を漏らし、躊躇いがちに自分の中心を握る。そしてどう見ても三十歳を過ぎた男のそれとは思えないぎこちない所作で、勃起したものを握り込み、上下に擦《こす》った。

「……ん、ふっ」

「乳首、弄《いじ》ってあげますね」

「あ、っん、や……」

耳朶を甘嚙みしながら、すっかり敏感になった凝りを指先で摘《つま》むと、景の手のひらからはみ出した先端から、透明な液体がつーっと流れた。

「あぁ、ダメだ、も、ちょっと、出ちゃった……みたい」

「はぁ？　これは違うでしょ」

「でも、手が……ぬ、濡れて」

先走りを射精と誤解するあたり、本当に経験値ゼロなのだと、悠月は感動に近いものを覚えずにはいられなかった。

「これは精液じゃなくて、ただの尿道球腺液です。カウパー腺液」

「そ、なの、か」

「教科書にそう書いてあったでしょ？　先生がいやらしいこと考えて興奮している証拠です」

「あぁ、あ……ん」

「手を止めないで、ほらもっと足を開いて。奥まで見せてください」

「や、やだっ、天見くっ、やめっ…」

嫌がって身を捩る景の太腿を、強引に開いて自分の腿に載せた。ふと正面を見るとカーテンが開いたままのサッシに、とんでもない格好の自分たちがくっきりと映っていた。

「前を見て、先生。すっげーやらしい格好だよ」

「え――――ひっ！」

勃ちあがった中心とやや小振りなふたつの袋。さらには後孔までさらけ出した己の姿に、景はたまらず短い悲鳴を上げた。

「い、嫌だこんなっ、で、電気、消してくれ！」

「どうして？　消したら先生がイくところ、見えない」

「ぼ、ぼくはっ、どこにも行かない」

「……え？」

「い、行かないから、どこにも……ずっときみと、一緒にいるから、電気消し……て」

「…………」

たっぷり十秒ほど要し、悠月はようやく景の勘違いを理解した。

可笑《おか》しくて可愛くて、たまらなく愛しい。

「俺も。先生とずっと一緒にいたいです。でもごめんなさい、電気は消したくない」

「あぁ……ん、んんっ……ふ」

「メス握ってる格好いい先生も、こんなことしているエッチな先生も、どっちも同じくらい好きです」

「やぁぁ……っん」

耳朶を舐め回しながら囁く言葉を、景はもうほとんど聞いていない。先走りで濡れそぼった手で、弾けそうな中心を擦り上げることで精一杯のようだった。

「もっと強く擦らないと。こんなふうに」

不器用な右手を、悠月の手のひらが覆った。

「……ん、くっ……あぁっ、あっ」

「こっちも触ってほしいでしょ？」

「ああっ……ん、あぁぁ……」

景の右手ごと、強く速くそこを扱いた。

同時に左手でふたつの袋や、小さな収縮を繰り返す窄《すぼ》まりを擽るように撫で回す。

「あ、天見、くっ……ん、も、もう」

「もう限界？」

「や、っ……あ、ぁぁ、アッ」

浮き出した腰骨が戦慄《おのの》く。

申し訳程度に割れている腹筋が、ひくひくと上下に波打った。

「あぁ、ん、出そっ……あまっ、天見、くっ、ん」

「出していいですよ」

「で……出る……しゃ、射精、するっ……アァァ――――ッ」

射精する。

震える声でそう言いながら景は、全身を震わせ、果てた。

当たり前だが、女性の声ではない。自分と同じような喉仏を持った、大人の男の声だ。たわわに揺れる胸もないし、どんなにきめ細かな肌であっても触れた感触はやはり女性のそれとは違うわけで、けれど悠月は自分の手を濡らした白濁に、目眩がするほどの興奮を覚えていた。

「気持ち良かったですか?」

「……んっ」

吐精の余韻が去らないのか、景は虚ろな目を少しだけ開き、すぐにまた閉じてしまった。

「またこんなに濃いのがいっぱい。あれからひとりでしなかったんですか?」

長く深い眠りから覚めた性的本能を、この十日間景はどう処理してきたのだろう。

「した。あの日きみにされたことを思い出しながら、毎日毎晩……触った」

「毎晩、ですか」

「ああ。でも、一度も射精できなかった」

「どうして」

「わからない。多分……怖かったんだと思う」

「怖かった？」

「きみにまた、こういうことをして欲しいと願っている自分が怖かった。きみなしではダメな身体になってしまいそうで……とても怖かった」

「……先生」

この十日間、目も合わせてくれなかった理由がやっとわかった。嫌われたとばかり思っていたが、答えは悠月の予想とは正反対のところにあったのだ。

「俺なしじゃダメな身体になってくださいよ」

「……天見くん」

「俺の方はもう、先生なしじゃいられない身体になっちまったみたいですけど」

悠月は照れ隠しの笑みを浮かべ、弛緩《しかん》した景の身体を抱き起こした。

ふたりでシャワーを浴びた。ボディシャンプーの泡でプードルのようになった景が愛らしくて、沈静化したはずのイケナイ欲情がむらむらと鎌首をもたげてしまい、洗いたての景のものを咥え込む。唇と舌で愛撫すると、いくらもたずに景は達した。

出したものを一滴残らず飲み下す悠月を見て、なにやら猛烈に抗議をしてきたが、それすらも可愛いと感じてしまうのだから、かなり重症には違いない。

まだ湯気の上る身体を、ベッドに転がした。

「か、髪を、乾かさないと」

「何言ってるんですか、いつも寝癖だらけの人が」

「でも、シーツが濡れる。枕も」

「どうせ洗うことになるんだから平気です。それに、枕はこっちに使うから」

しれっと言い返し、悠月は枕を手に取る。

「先生、自分でここ持って」

「……え」

自分の膝裏を持つように指示すると、景は恐ろしい宣告でも下されたかのように怯えた目をした。

「そ、そんなことしないと、い、いけないのか」

「ええ。男同士だから、よく解さないと入らないんです」

「…………」

どこを解すのか、何を入れるのか、具体的に尋ねるのも憚られたのだろう、景は耳まで赤らめながら自分の足を持ち上げた。すかさず腰の下に、枕を宛がう。

「足、もう少し開いてください」

「や……っ……ふっ」

薄い下生えをさわりと撫でると、股関節が一瞬だけ弛んだ。その隙に悠月は、景の両足を限界まで割り開く。

「ダメ、だ……こんな、かっこ」

「こうしないと解せないでしょ。いきなり挿《い》れたら多分、すごく痛いですよ」

「でも」

「体勢、苦しいですか？」

「そうじゃ、なくて」

「恥ずかしいだけ？」

「…………」

無言の肯定に悠月の頬が弛む。

日頃ほとんど表情を変えることのない景が、あられもないポーズで羞恥に身悶《みもだ》えている。景のこんな姿も、こんな顔も、こんな声も、知っているのはこの世で自分ひとりだけなのだ。

悠月は己の中に眠っていた、凶暴なまでの独占欲が目覚めるのを感じた。

誰と付き合っても、何度身体を重ねても、こんな気持ちになったことはなかった。

けれど景だけは離したくない。景のすべてが欲しい。

鳥肌が立つほど強烈な思いが、悠月の身体を真っ直ぐに貫いた。

「恥ずかしいだけなら、遠慮しませんん」

たとえ景が恥ずかしがって泣いても、浅ましい欲望を止めることはできないだろう。景の細胞のひとつひとつにまで、自分を刻み込みたい。そんな獣じみた衝動に突き動かされ、悠月は景の内腿に唇を寄せた。

「あぁ……っ…」

薄い皮膚に、舌先で掠めるように線を描く。

時折きつく吸い上げると「んっ……」と湿った吐息が漏れた。

「……は……ぁ」

何かに耐えるように眉根を寄せる景を、上目遣いに見つめながら、徐々に際どい部分に近づく。硬く閉ざされた後孔を舌先で突《つつ》くと、腰がビクンと上下した。

「やっ、め…」

「動かないでください。ローションとかそういうの用意してなかったから、こうするしかないんです」

「で、でも……あっ、あ、ぁぁ……」

襞《ひだ》を割り、舌先をねじ込む。クチクチと音をたてながらゆっくりと抽挿を繰り返すうち、景の中心がまた変化を見せ始めた。

唾液で濡れた窄まりからふたつのふくらみまでの、頼りないほど白い道筋を唇で辿る。

「んっ……や、あっ……はっ！」

ひときわ艶めいた喘ぎを聞きながら、悠月は後孔に指先を押し込んだ。

「……っ」

景が息を呑む。ふたつ目の関節まで一気に挿入すると、狭い入り口が指を拒否するように硬く締めつけた。

「力抜いてください」

「や……ぁぁ」

「もっと奥まで挿れたいんです」

「……んっ、んっ」

挿し込んだ指の腹に神経を集中させ、景の中の〝その場所〟を丹念に探した。おおよその位置は見当がついている。人体の構造を知り尽くしている賜《たまもの》だと思うと、ちょっと不謹慎な気持ちにもなるのだけれど。

「多分、この辺」

ほどなく指先が確かな感覚を得る。

「ん……――あっ、ああっ」

「ここですね」

「やっ……なんっ……あっ！　アッ、やっ！」

確認するようにしつこくそこだけを擦り上げると、景は仰《の》け反《ぞ》って高い声を放った。

「……んっ、くっ、ん」

自分の喉から飛び出した嬌声《きょうせい》に驚いたのか、景は片手で自分の口を覆った。

「あ、こら、そんなことしたらダメです」

「や、だ……声が、出る」

「声出してください。息つめたら余計苦しいですよ」

多分、ともう一度内壁を強く抉《えぐ》る。

「ヒッ……アッ、あああっ」

くんっと背を反らせて喘ぐ景の中心からまた、感じている証《あかし》がとろりとひと筋流れ落ちた。

「そう、そのまま、口で息してて」

「……んっ、ふ……あっ」

はぁ、はぁと景は素直に口呼吸を試みる。

その隙にもう一本、さらにもう一本と指を増やし、探り当てたポイントを中心に三本の指を不規則に蠕動《ぜんどう》させた。

「いっ……ああっ、天見、く……天見く、っん」

「どうしたの？　先生」

「すご……っく、感じ、る」

蕩けそうな声で、景が訴えた。

「感じる？　どの辺が？」

「ちょ、直腸の……前立、腺のとこっ――――あっ、やぁっ」

まるで色気のないことを、壮絶に色っぽい顔をして言うのだからたまらない。完全に余裕をなくした自分の分身に、思わず小さく舌打ちをした。

「ゴメン、先生、俺もう限界かも」

「……んっ、んっ」

景がまともに返事ができないのをいいことに、悠月はゆるりと指を抜いた。

「我慢しないで、痛かったら言ってくださいね。やめるから」

そうは言ってみたものの、本当にやめられる自信はなかった。

「はっ……はぁっ、はっ……あぁ」

健気に口呼吸を繰り返す姿を見下ろせば、心の片隅に罪悪感も芽生えるけれど、そこに宛がった分身は、暴発寸前の状態だった。

「入るよ、先生」

「……んっ、いっ――――あああっ！」

「……っ！」

ろくな潤滑剤もない状態での挿入は、ふたりに等しく鈍い痛みを与えた。そこをもぎ取られるような圧迫感に、目眩すら覚える。

「ゴメッ……ゴメン、先生、痛いよね」

歯を食いしばり、眦に涙を浮かべながら、それでも景は首を横に振った。

「いい、から……もっと、奥まで」

「でも」

「いいから！　もっと……もっと深く、繋がりたい、から」

「……姫谷先生」

頼むからこれ以上煽らないでくれと、心の中で懇願する。一気に最奥まで突き挿れたい気持ちを抑えるために、一度散った理性をまた総動員しなければならなかった。

大切な人を泣かせないように、壊してしまわないようにと、自分に言い聞かせてはみるのだけれど……。

「ああっ……んっ、やっ……ん」

あられもなく裏返った声に、動員したはずの理性はあっという間に寝室中に霧散する。

「当た……るっ、そこっ、あぁぁ、やっ、あっ」

「っ……クソッ」

矢も盾もたまらず、悠月は景を突き上げた。

煽るのが悪い。せっかくの我慢を木っ端微塵《こっぱみじん》にしたのは、景自身なのだから。

「ああっ……ひっ、あ、ンッ！　あっ！」

「せんせっ……姫谷、先生……」

「あぁ……イッ、あっ！」

繋がった部分から、肉の擦れ合う淫猥な音がする。

セーブがきかない。

「景、……ねぇ、景っ」

「なん、だ」

「景って、呼んでもいい？」

「もう、呼んでる、だろっ……あっ、んっ」

「景のここ、また勃起してきた」

ふたたび硬く勃ち上がった景の先端に指先を押し込むと、「ヒッ」と悲鳴が上がった。

「さ、先っ、ぽ……ダメ」

「先っぽがいいんですね？」

つるんとしたピンク色の割れ目から溢れる透明な体液。指に絡めながら擦りつけると、悠月を挿し込んだ場所がきゅんっと収縮した。

「どこが一番、気持ちいいですか？」

「……やっ……ぁ」

「こっち？　それともここ？」

さっき感じると言ったポイントを突き上げながら幹を強く擦り上げると、景の腰が震えながら撓った。

「ど、っちも、ぜん、ぶ、いい」

「全部、気持ちいい？」

「い、いい……気持ち、い、あっ、あま、みっ……くん」

「すっげ……景の中、蕩けてる……熱い」

「天見、くっ……あま、みっ、くん、あっ、ああっ」

掠れた声がうわごとのように自分の名を呼ぶ。

限界が一気に近づいてくる。

「景……出すよ、いい？」

「いい……いい、よ、あっ、ん」

「景……け、ぃ――っ！」

「――っ、ん、アァッ！」

目蓋の裏が白む。

最奥に叩きつけるように弾けた瞬間、手のひらにドロリとしたものが流れた。

一緒に達したのだと気づいた時、貫いた細い身体からはくったりと力が抜けていた。

余すところなく晒《さら》された白い肌の艶《なま》めかしさに、悠月は景の中に入ったまま、しばしうっとりと見入ってしまうのだった。


翌朝一番、悠月は石上に呼び出された。机を挟んで向かい合う状況は二十四時間前のデジャビュのようだが、右隣に景がいることでそうではないとわかる。

午後の解剖に関する簡単な打ち合わせのあと、景がおもむろに切り出した。

「昨日はいろいろとご迷惑おかけして申し訳ありませんでした。休みをいただけたので、久しぶりに母とゆっくり話すことができました」

実家での母親とのやりとりをかいつまんで話す景を、石上はまるで嫁に出す娘を見るような瞳でじっと見つめていた。

「お母さんは、お元気で？」

「ええ。ぼくと同じように母も仕事人間なので、来年の定年までバリバリ働くそうです」

「それはそれは、本当によかったですね」

「はい。天見くんのお陰です」

「えっ……」

「姫谷先生っ」

小声で諫《いさ》めるが、景はいつもの飄々《ひょうひょう》淡々とした態度を崩さない。

「天見くんのお陰で、ぼくは大切なものに気づくことができました」

表情ひとつ変えない景に、悠月は軽い頭痛を覚える。

石上の矛先が、自分へ向けられるのを感じた。

「天見くん」

「は、はい」

「きみは昨日、切り出しを途中でほったらかして姫谷くんを捜しに出かけたそうじゃないか」

「い、石上先生が、まるで行方不明にでもなったみたいにおっしゃるから」

「そんなこと言ったかな」

「言いました！　しかも行き先は実家だってこともご存じだったなんて。あんまりです。酷すぎます。しかもあんな嘘を」

「嘘？」

「姫谷先生は『一日だけ休みたい』と言ったそうじゃないですか」

「あれ、そうだったかな？」

石上は惚《とぼ》けた様子で、組んだ手の甲に顎を載せた。

「単に聞き違えたんだよ。携帯の電波状況が悪くてねぇ。姫谷くん、もしかしたらきみの携帯、壊れているんじゃないか？」

「えっ？」

景は慌ててズボンの尻ポケットから携帯を取り出す。

「一度ショップで見てもらいなさい」

しゃあしゃあと言ってのけるあたり、確信犯に違いない。

「そんなことより天見くん」

「はい」

「きみのせいで私は、組織固定をやらされたんだぞ。まったく岸川さんときたら結婚が決まってから、以前にも増して血も涙もなくなった」

隣で真剣に電源ボタンを弄っていた景が、突然「それでか」と片眉を小さく釣り上げた。

「どうかしたのか、姫谷くん」

「いえ……今朝棚を見てみたら、素人《しろうと》が作ったのかというほどひどいプレパラートが何枚かあったんですけど、やっと理由がわかりました」

「なっ……」

「姫谷先生！」

目を剝《む》く石上と、納得したとばかりに頷く景を見比べ、悠月はひとり力なく半笑いを零す。

——針のむしろ？　みたいな。

むしろを敷いている自覚があるのかないのか、景は涼しい顔で「携帯、別に壊れていないみたいです」と笑った。

「それでは午後の解剖はぼくの執刀で。十五時からということでよろしくお願いします」

パタリと携帯を畳むなり、景は一礼して踵《きびす》を返した。

「失礼します」

悠月も頭を下げ、景の後を追う。一刻も早くこの場を立ち去りたかった。幸い石上は自分たちを呼びとめるつもりはないらしく、椅子に凭れて書類に目を通し始めた。

――――助かった。

心の中でホッとため息をついたその時。

「おはようござい……おや、みなさんおそろいで」

目の前のドアが勢いよく開き、石上以上に会いたくない男がズカズカと入ってきた。

「阿部先生、ノックくらいしたらどうです」

石上が眉を顰める。悠月もこっそりと、しかし盛大に眉を顰めた。

「よう、エロ学生。朝からシケた面してどうした」

「…………」

「その顔見なきゃならんのもあと少しだと思うと、多少は残念だぞ。多少だけどな」

「阿部先生、そのことでしたら……」

「次に会うのは三年後か、五年後か、いやいやもしかすると十年後とか？　ま、ちょっとやそっとじゃ帰って来られないだろうな。あっちで青い目のねーちゃんに囲まれて、せいぜい達者で暮らせ」

琉聖は腰に手を当て、わははははと豪快に笑った。悠月がメディカル・イグザミナー・オフィスへの推薦を断ったことを、まだ知らないのだろう。

「阿部先生、実はその話なんですが……」

「天見くん！　どういうことだ」

状況を説明しようとする悠月の言葉をぴしゃりと遮り、景がつめ寄ってきた。

「会えるのは十年後って、それは一体どういうことなんだ、天見くん！」

「それはですね、えっと」

「なんだなんだ、景は知らなかったのか。こいつ近々渡米するんだぜ。メディカル・イグザミナー・オフィスに研修医として推薦したんだ。石上先生がな」

「あ、阿部先生、だからその話はですね」

「本当なのか、天見くん！」

——ああ、もう。

どうしてこうなるのかと、悠月は頭を抱えたくなった。

「ダメだ。ダメだダメだ、そんなこと絶対に許さない！」

「姫谷先生、ちょっと落ち着いて」

怒りに満ちた背中に手をかけようとするが、景はそれを振り切って、今度は石上に嚙みついた。

「石上先生！」

「なんだね」

「どうしてっ、どうして天見くんを」

「あきらめろ、景。今生《こんじょう》の別れだ。せめて送別会は盛大にやってやる」

「琉聖は黙っててくれ！」

ちゃちゃを入れた琉聖を一喝し、景は拳を震わせた。

「天見くんを行かせないでください。彼はここへ来てまだ半年です。優秀な人材であることは認めますが、圧倒的に執刀経験の足りない今のような状態で渡米することが、本当に彼のためになるのか甚《はなは》だ疑問です」

「……姫谷先生」

優秀な人材だと景は言った。こんな状況であってもそれは、悠月の胸にじんと響く。

「彼はもう少しぼくが鍛えます。よそへ出すのはそれからでも遅くないと思います。だから今回の件は、考え直していただけないでしょうか」

じりじりとにじり寄る景に、石上の口元がふっと弛んだ。

「離れたくないんだね、天見くんと」

一瞬の間もおかず、景は「はい」と答える。

いっそ潔いまでに真っ直ぐで、誇らしげな声だった。

「そんなに好きなのか、天見くんが」

「はい。だって彼は」

そこで景は大きく息を吸い込み、高校球児の宣誓のごとくはきはきと言い放った。

「彼は、ぼくがようやく踏んだ、道端のガムなんです！」

「ガッ……」

「ガム？」

ぽかーんと口を開く石上と琉聖に、悠月はたまらず景の腕を摑んだ。

「し、失礼します。姫谷先生、一緒に来てください」

「待て、天見くん。まだ話が終わってない……」

「終わってるんです！　俺がちゃんと説明しますから」

「おい待て小僧！　逃げるのか」

「阿部先生、いいから放っておいてあげなさい」

「何を人ごとみたいなこと言ってるんですか！」

「人ごとなんですよ、もう」

四人の声が錯綜する中、石上が目で「いいから早く行け」と合図してきた。

悠月は一礼し、景を引き摺るようにして部屋を出た。


「そろそろ諦めたらどうです、阿部先生」

ドアが閉まり、悠月と景の足音が聞こえなくなると、石上は静かにそう言った。

「最初からこうなる運命だったんだよ」

「はっ？　何いきなり一抜けしてるんですか。あなたと一緒にしないでください。俺は絶対に諦めませんから」

「私たちのかぐや姫はもういない。月に帰ってしまったんだ」

「バカバカしい。あいつはかぐや姫なんかじゃないと何度言えば」

「あらゆる手を尽くしたんですけどねえ……残念ながら効き目がなかった」

「じゃあ、研修医の話は……」

「その場で断られました」

琉聖は、苦虫を十匹まとめて嚙みつぶしたような顔をした。

「天見くんは、究極に世渡りが下手ですけど、なかなかどうして根性は座っているようだね。誰かさんと違って」

「誰かさんって、誰です」

「出世という名の釣り針に、簡単に引っかかる心臓外科医です」

琉聖は忌々しげに舌打ちをし、応接セットのソファーにドスンと腰を下ろした。

「そもそも彼の名前がいけません」

「名前？」

「天見悠月。天を見上げれば悠久の月――かぐや姫が一瞬で昇天してしまいそうな名前です。きみの敵《かな》う相手ではない」

「あのねぇ石上先生、あなた本気でそんなこと」

琉聖は、心底呆れた様子で傍らの教授を見上げる。

「本気ですとも。阿部先生は竹取物語を読んだことはないんですか」

「ありますよ。中学の教科書でね。クソくっだらない、ツンデレにもなっていない駄作だ」

「駄作？　それはまた大胆な」

「駄作だから駄作と言ったまでです。あの女、言い寄る男たちを足蹴《あしげ》にしてまで月に帰って何するつもりだったんです。寂しん坊のうさぎに餌《えさ》でもやるんですか？」

「うさぎねえ……それはそれで、結構楽しそうじゃないですか」

石上はふくれっ面の琉聖の肩を叩きながら、あははと高らかに笑った。

誰もいないところが思いつかなくて、仕方なく更衣室に飛び込んだ。

暴れ出しそうなほど動転している景を必死に宥《なだ》め、なんとか状況を説明した。

「じゃ、じゃあ、推薦は断ったんだな？」

「断りました。今そう言ったでしょ」

「アッ、アメリカには、い、行かないんだな？」

「行きません」

「本当なんだな？」

「本当ですって。こんな時に嘘ついてどうするんです」

きっぱりと言うと、景はようやくその顔に安堵の色を浮かべた。

「だったら……最初からそう言えばいいじゃないか」

「言おうとしたのに、姫谷先生がいきなり突っかかってきたんじゃないですか」

「もういい。行こう」

取り乱したことが恥ずかしくなったのか、景は狭苦しい更衣室の扉にそわそわと手をかけた。

「待って、先生」

「えっ――あっ」

突然後ろから抱き締める。

「あ、天見くん、よせっ、こんなところで」

「だって、誰もいないし」

「ここは仕事場だ、ぞ――んっ、やっ、め」

「キスだけ。ね？」

斜め後方から、強引に唇を塞いだ。

「……ん……っ」

くちゅっという湿った音が、身体の芯で燻《くすぶ》っている昨夜の名残《なご》りに火を付けそうになる。

「あ……んっ、ふっ」

躊躇う舌を吸い上げると、腕の中で景の背中がしなった。

――やべ。

軽いイタズラのつもりが、つい本気になりそうになる。

後ろ髪を引かれる思いで濡れた唇を離せば、つーっと伸びた唾液の糸が生々しい。

「先生、朝からエロすぎ」

「きっ、きみが変なことするからだろっ！　更衣室でこんな……こと」

「でも今、ちょっとだけその気になりましたよね」

「なってない！」

「なったでしょ？　景」

「なっ……」

不意に呼ばれた名前に、耳まで朱に染まる。

そんな景が可愛くて、愛おしくてどうにもたまらない。

「な、名前で呼ぶな」

「昨夜はいいって言ったのに」

「場所を考えろ」

「ここじゃダメ？」

「ダメに決まってる！」

目の前にあるゼリービーンズのようなピンクの耳朶を、舌で転がしながら舐め溶かしたらさぞ甘く美味しいだろう。

「どこでならいいんですか？　ベッドでなら、景って呼んでも怒らない？」

「ばっ……」

「奥まで挿れてる時なら、返事してくれる？」

「バカ！　いい加減にしろ」

「イデッ」

両手で思い切り胸を突かれ、悠月は後ろによろめいた。

「あ、先生、待って」

真っ赤な顔で更衣室を飛び出した景を追う。

「ね、先生」

「……………」

「今日のお昼、この間のカフェに行きませんか？」

「どうして」

「えっ、あ、その、どうしてと、言われても……」

あまりストレートに誘いすぎたかもしれない。悠月は慌てて口ごもる。

実は昨夜、行為の後処理をしながら、悠月は景に尋ねた。

『ねえ、姫谷先生』

『……ん』

『お父さんが今、どこにいるのか、何をしているのか、気になりますか？』

下腹に当てた熱いタオルのせいか、景は心地よさそうに目を伏せたまま素直に答えた。

『そうだなぁ。気にならないと言ったら、嘘になる』

『会いたい？』

『生きているのならね。母とはまったくの音信不通らしくて……元気なら六十を少し過ぎたくらいだから……そうだな、ちょうどあのカフェのマスターくらいの年だと思う』

思わぬクリティカルヒットに、タオルを持つ手が止まった。

『ねえ、天見くん』

『はい』

『父はぼくに会いたいと、今も思ってくれているだろうか』

『……え？』

『案外、息子がいたことなんて忘れてしまっているかもしれない』

ふっと自嘲《じちょう》気味に笑う景に、揺れていた悠月の気持ちはようやく固まったのだった。

退職後、息子の傍にいたいというただそれだけの理由で、古い喫茶店のマスターに落ち着いた人。別れた恋人に突きつけられた『景に二度と会わないで』という言葉を、今もなお忘れられずにいる人。

名乗らなくてもいいんです。傍にいられたらそれで。

そう言って静かに笑った彼の思いの深さを、悠月はあの日、強く感じ取った。

「ね、行きましょうよ。あそこのコーヒー、俺、大好きなんです」

「そうだな。鍵を拾ってもらったお礼もまだだったし。あ、今日はこの間食べ損ねたハンバーグランチをもう一度頼もうかな」

「あ、それがいいですね。マスターきっと喜びますよ」

「ん？　どうしてぼくがハンバーグを頼むと、あの店のマスターが喜ぶんだ」

「えっと、それは、その」

これ以上つっこまれないよう、悠月は慌てて話題を変えた。

「あ、そうそう大事なことを思い出した――これ、どうぞ」

訝る景の手を取り、ポケットから取り出したものを握らせた。

ゆっくりと開いた手のひらに載ったそれに、景がハッと息を呑む。

「これ……は」

「ちょっと過ぎちゃいましたけど、俺からの誕生日プレゼントです。携帯ストラップにしようかとも思ったんですけど、ほら、先生がまた鍵を落としたりしないように、こっちにしました」

「天見くん……」

「夜空を見上げて車にはねられたり、電柱に激突したりしないようにと思って。気に入ってもらえました？」

目の高さに持ち上げたそれを左右に揺らしながら、景は感慨深げに見つめる。

「ああ、もちろん」

「よかった」

「ありがとう。大事にするよ。ずっとずっと、大事にする」

窓から射し込む秋色の光に、小さな三日月のキーホルダーがきらきらと輝いていた。

あとがき

初めまして……ではない方もいらっしゃるかもしれませんが、ルチルさんでは初めましてになります。安曇ひかるです。このたびは『今宵、月の裏側で』をお手に取っていただきありがとうございました。どこかつかみ所のない天然お姫さま、姫谷先生と、彼をとりまく三人の男たちの物語、楽しんでいただけたでしょうか。

「BL版竹取物語」的なラブコメが書きたいと思いました。本格的なものではなく、軽く竹取テイストな話がいいなぁ〜と。で、主役ふたりの名前に〝姫〟〝月〟という文字を使ってみました。ついでに〝石上〟〝阿部〟という脇役ふたりの名前も、竹取物語からちょいと拝借したりして。ネーミングで遊んじゃいました。

麻々原絵里依先生、素敵なイラストをありがとうございました。ラフをいただいた時は、感激のあまりひと晩中じーっと見つめておりました。ドライアイになりそうでした（笑）

末筆ではありますが、この本を手にしてくださったみなさまと、かかわってくださったすべての方々に、心から感謝申し上げます。ありがとうございました。

二〇一〇年　三月

安曇ひかる

✦初出　今宵、月の裏側で……………書き下ろし

安曇ひかる先生、麻々原絵里依先生へのお便り、本作品に関するご意見、ご感想などは
〒151-0051 東京都渋谷区千駄ヶ谷4-9-7
幻冬舎コミックス　ルチル文庫「今宵、月の裏側で」係まで。

幻冬舎ルチル文庫

今宵、月の裏側で

2010年4月20日　第1刷発行

✦著者	安曇ひかる　あずみ ひかる
✦発行人	伊藤嘉彦
✦発行元	株式会社 幻冬舎コミックス 〒151-0051 東京都渋谷区千駄ヶ谷4-9-7 電話 03(5411)6432[編集]
✦発売元	株式会社 幻冬舎 〒151-0051 東京都渋谷区千駄ヶ谷4-9-7 電話 03(5411)6222[営業] 振替 00120-8-767643
✦印刷・製本所	中央精版印刷株式会社

✦検印廃止

ISBN978-4-344-81949-8　C0193　Printed in Japan